Jesperson and Lane

The Curious Affair of the Somnambulist and the Psychic Thief

by Lisa Tuttle

探偵ジェスパーソン＆レーン

夢遊病者と消えた霊能者の奇妙な事件

下

リサ・タトル

金井真弓 訳

新紀元社

探偵ジェスパーソン&レーン

夢遊病者と
消えた霊能者の
奇妙な事件

下

Jesperson and Lane

The Curious Affair of
the Somnambulist and
the Psychic Thief

by Lisa Tuttle

THE CURIOUS AFFAIR OF THE SOMNAMBULIST
AND
THE PSYCHIC THIEF
by Lisa Tuttle

Japanese translation published by arrangement with
Lisa Tuttle c/o Baror International, Inc.
through The English Agency (Japan) Ltd.

装幀
坂野公一
（welle design）

装画
加藤木麻莉

探偵ジェスパーソン＆レーン

夢遊病者と
消えた霊能者の
奇妙な事件

下

Jesperson and Lane

The Curious Affair of the Somnambulist and the Psychic Thief

by Lisa Tuttle

CONTENTS

登場人物

ジャスパー・ジェスパーソン……諮問探偵
ミス・レーン（わたし）……ジャスパーの助手
ミセス・ジェスパーソン……ジャスパーの母親
ヘンリー・シムズ……ジェスパーソンの住戸の家主
ミセス・クリーヴィー……シムズの妹
アーサー・クリーヴィー……引っ越し会社の経営者
ガブリエル・フォックス……心霊現象研究協会（SPR）の調査員
フィオレルラ・ギャロ……イタリアの霊能者
ベニントン卿……SPRの主要メンバー
レディ・フローレンス……ベニントン卿の義妹
クリストファー・クレメント・チェイス……霊能者
ナデジダ・V・チェイス……クリストファーの妻
ピョートル・イワノヴィッチ……チェイスの使用人
ド・ボーヴォワール姉妹……霊能者
ムッシュー・リボー……同
ヒルダ・ジェソップ……同

第十六章　ベルグレイヴ・スクエアでの内緒話

翌朝、わたしはロシアの王女との差し迫った面会に、不安よりは好奇心を持って出発した。チェイスがわたしについて何か話したせいで、彼女が嫉妬や疑念の感情を覚えたかもしれないと、想像したのはばかげていた。ミセス・チェイスは女性探偵というものに会いたいと好奇心を感じただけかもしれない。とはいえ、早く会いたいと手紙で強調していたのは、解決してほしい謎でもあるからではないかと期待した。

霧は晴れて、雨も雪も降っていなかったから、爽快な寒さだった。わたしは混雑した通りを楽しい気分で歩いていった。そしてあっという間に、ふたたびベルグレイヴ・スクエアの屋敷の外に立っていた。呼び鈴を鳴らすと、この前と同じ超然とした雰囲気の執事に迎えられた。

「おはようございます、ミス・レーン」執事はつぶやくように言った。「ミセス・チェイスが小客間でお待ちです。ご案内します……」

通路を歩いて客間に着いた。そこは交霊会が開かれた広壮な客間と比べた場合にしか〝小客間〟とは呼べないような部屋だった。巨大な大理石製の暖炉があり、分厚いトルコ製の絨毯が敷かれている。大きな窓からはどっしりしたカーテンが下がり、長椅子が数脚、数多くの椅子やテーブル、書棚と書き物机が置いてある。床にはドライフラワーや駝鳥《ダチョウ》の羽根が飾られた花瓶や、さまざまな彫像、そのほかにも装飾品や家具がずらりと並んでいた。いったいどこを見たらいいのか、どっちへ行ったらいいのかわからないほどだった。贅沢に装飾された部屋の隅から聞こえた、執事に礼を言ってわたしを歓迎する声を頼りにどうにか進むことができた。

ミセス・チェイス――半ば横たわった姿勢の人物がそうなのだろう――は黄色がかった緑色の室内着をまとっていた。彼女が横になっている長椅子の青緑色のベルベット地にはややそぐわない色だった。彼女は起き上がらず、もっとそばに寄るように差し招き、座るようにと自分の横のクッションを軽く叩いた。

ミセス・チェイスは小柄な女性だった。肌は青白くて陶器のようにきめ細かく、古めかしい形に結っている金髪は、まぎれもなく巻き毛だ。そういうすべての要素が相まって人形を思わせる外見をしていたが、レディ・フローレンスが彼女を〝子ども〟と呼んだ理由がわからなかった。彼女は二十歳というよりは三十歳に近いと思われたからだ。言うまでもなく、病気をしていると老けてしまう。そばに寄ってみると、わたしを見る彼女の目つきは鋭くて猜疑の色をたたえ、子どもという表現にはほど遠かった。

わたしのフランス語の会話力は錆びついていたが、礼儀正しい決まり文句はなんとか口から出てきてくれた。お目にかかれるのはわたしにとってさらに大きな喜びです、とはっきり言うことができた。彼女の健康を案じる言葉や回復を祈る言葉も言えたし、同様に型どおりの相手の返事を理解することも容易だった。

そういったやり取りが終わって、彼女が次の会話の糸口を切るのを待っていたときになってはじめて、部屋にはほかにも人がいることに突然気づいた。

ミスター・チェイスが窓際に身動きもせずに立っていたのだ。オリーヴの葉のような緑色のスーツは、くすんだ緑色のカーテンに溶け込んでいた。わたしに気づかれたと見るや、彼は平凡な丸顔に奇妙な笑みを浮かべて進み出てきた。

「おはよう、ミス・レーン。またお会いできてうれしいですよ。妻の招待にこれほどすぐに応じてくださってよかった。妻はあなたが関心を持ってくださったことに感謝しています。ロンドンに友達がいれば、妻にも望ましいことでしょう」

彼の視線は前と同じようにこちらを不安にさせる親しげなものだと気づいたが、今は造作もなく目をそらせた。わたしは彼の妻に注意を向けた。

「奥様を友人と呼ぶことができるのはうれしいですが、ここにお友達がいないはずはないでしょう。ベニントン卿は奥方様を亡くされましたが、さまざまなお客様をもてなしていらっしゃいますし、もちろん義理の妹さん――レディ・フローレンス――に奥様もお会いしたと思いますが――間違いなく彼女は――」

　わたしは口ごもった。ぽかんとした表情から、ミセス・チェイスが一言も理解していないと推測し、同じことをフランス語で言おうとした。けれども、まごついてしまった。言葉に詰まり、正しい表現を模索した。その間、夫人は無言でわたしを見つめていた。

「肩の力を抜くといい」チェイスがささやいた。不安になるほど、わたしの耳の近くにいる。「力を抜いて、わたしを信じてください。二人の内緒話を邪魔するつもりはありません――わたしにはできますよ。覚えているでしょうが、わたしは霊能者です。霊媒、メッセンジャーなのですよ。霊たちがわたしを通じて話すのだから、あなたもそうすればいい。妻は喜んで賛成するでしょうし、あなたにも同意してもらわねば。わたしに通訳を務めさせてくれたほうが、はるかに簡単になるでしょう」

　チェイスは長椅子の後ろに移動し、夫人とわたしの間に立った。まるで魔法の力を備えた人間型の電話機であるかのように。わたしが彼の一方の耳に英語で話し、ミセス・チェイスがもう一方の耳にフランス語で話すと、わたしたちの双方が理解できる言葉が出てくるというわけだ。

　正確に通訳してくれると信じるしかなかった――彼を信用してはいなかったが、それでも……断るのは不可能だった。二人きりにしてほしいとチェイスに頼んだら、彼に対しても妻に対しても侮辱になってしまっただろう。けれども、チェイスがわたしたちの間に立っている限り、わたしをなぜ呼んだのか、夫人の真意はわからないかもしれない。もしかしたら、彼女には打ち明けたい秘密があるのかも。探偵だけが助けてあげられる秘密があるのではないだろうか？

ともかくも、このきまり悪い訪問を乗り切らねばならなかった。少なくとも、わたしがフランス語を理解する能力は話す能力よりも上だろう。通訳するときにチェイスが勝手に内容を変えたとわかったら、すぐさまそのことを非難できる。彼は気分を害したふりをするかもしれないが、説明する羽目になるはずだ。

その一方で、わたしがとれる最善の行動は彼の存在を受け入れることだと思った。彼に邪魔されないようにしながら。チェイスが単なる通訳の機械にすぎず、電話のような物だというふりをしよう。そしてどんなことでもミセス・チェイスに話そう。失うものなど何もないでしょう？　夫が話さなかったようなことを夫人が話してくれるかもしれない。

なんとも退屈な話題だったけれど、ロンドンをどう思われますかという質問からわたしは始めた。ほとんど何も見ていない、と彼女は言った。誰もがとても親切にしてくれるが、六週間以上前に着いてから、病気のせいでほとんど屋敷に閉じこもっていたのだと。これは今に始まったことではなかった。彼女は生まれつき虚弱な体質だったのだ。

この答えは、彼女の病気の原因や治療などについて尋ねるきっかけだったが、同情を込めた表情をちょっと示したあと、わたしは自分の計画にこだわることにした。どんなに奇妙に思われたとしても尋ねたのだ。彼らの使用人がこの街を気に入っているかどうかと。

通訳を務めるチェイスは一瞬、驚きの表情を目に浮かべたが、どうにか淀みなくわたしの質問を伝えた。
ミセス・チェイスは目を見開き、何のことかわからないとつぶやいた。

「難しい質問ではないですよ」わたしは答えた。「たぶん、奥様にはメイドがいますね？」

「ビアン・スュール（もちろんです）」

「そしてご主人には――従者がいますね？」

「ウイ、ピョートル、メ（はい、ピョートルが。でも）……」

「彼らはみなロシア人ですね。ノン？」

「ノン（いいえ）」彼女ははっきりと言った。そして首を横に振った。夫の従者の名はピョートルで確かにロシア人だが、自分のメイドはフランスのノルマンディー出身の愛らしくて頭の良い娘だと――そしてつけ加えた。あなたがこんな話題に関心を持つことに困惑しています、と。

わたしは探偵としての仕事に加えて、雑誌記事の執筆もしているのだと主張した。現在は『ザ・レディ』というすばらしい新聞のために「使用人の問題」に取り組んでいるのだと。この作り話をチェイスが通訳する前に、わたしは急いで付け足した。「デュ・ヴィアン・ヴォートル・キュイジニエ・ヴィーヴル？（あなたの料理人はどこで生きていますか？）」

チェイスは会話に口を出さないという決まりを忘れ、わたしを見つめて尋ねた。「本当は『あなたの料理人はどこに住んでいますか』と尋ねたかったのかな？」

わたしは歯を食いしばった。「もちろんです」

ミセス・チェイスはクスッと笑った。それから言った。ゆっくりした明確なフランス語は聞き違えようがなかった。「料理人は雇っていません。ベニントン卿の料理人はイギリス人の女性です——階上のどこかに住んでいるのでしょう——または台所の隣の部屋とか——わたしは知りません。尋ねたことがありませんので。必要ないでしょう？　どうして、わたしたちにお抱えの料理人がいると思うのですか？　ベニントン卿の客としてここで暮らしているのに？」

ミセス・チェイスはわたしをとんでもない愚か者だと思ったに違いないが、自分でもなんだかそんな気持ちになった。「失礼しました、奥様」静かに言った。「わたしの質問を不作法だとお思いになったのでなければいいですが。確かに、ばかげた質問だと思います。でも……ある噂を聞いたのです。ご主人の特別な食事療法と奥様のご病気が理由で、お二人は料理人も含めた使用人を連れて旅をしているという噂をわたしは信じていました」土壇場になって、この架空の使用人たちが別の家を要求したという話は口にしないことにした。

ミセス・チェイスは笑って首を横に振り、そんな考えがどこから出てきたのか不思議だと言った。メイドはいます——でも、たいていのレディにはいるものでしょう。ネスパ？（そうじゃなくて？）彼女の夫の従者は実を言えば、一家の年老いた使用人で、従者としての技能は身に着けていない。でも、住むところを与えるため、彼を雇うのは一種の慈善なのだという。コサックをこの目で見ていなければ、わたしはミセス・チェイスがよぼよぼの老人のことでも話していると想像したかもしれない。

話題を変えたくてたまらなかったから、わたしは彼女の健康の話に戻った。おそらく、何か治療法を勧めることができるロンドンの専門医に診ていただいているのでしょうね？

ミセス・チェイスはため息をつき、首を横に振った。治療法などないのです、と。虚弱な体質に悩まされているのは病気のせいではない。体調が良い日——今日のように——もあれば、悪い日もある。心臓が強くないのだという。心臓に負担をかけずに休息を取り、静かな生活を送って無理をしすぎないようにと助言を受けているとのことだった。

「でも、何という人生でしょう？　わたしは生きたいです——心臓が動かなくなるまでは生きなければなりません。動かなくなったら死にます。やりたいことをやって——愛する男性とともに——自分が生きていると感じて——若いうちに死ぬほうがいいのです。綿にくるまった孤独で小さな鼠みたいにほんの数年だけ余計に生きるため、自分の巣で死ぬために、走ることを恐れ、鳴き声をあげることを恐れて暮らすよりも。三十歳で華々しく燃え尽きるほうが、四十歳でぼろぼろになって生きているよりもいいのです」

わたしは彼女の感情に心を動かされた——ミセス・チェイスの淀みなく情熱的なフランス語が、音を備えた影のように、彼女につきまとう平板なアメリカ人の一本調子の英語に変わるのを聞くのは奇妙だったし、あまり快くはなかった。夫人の状況を理解した今、わたしは前よりも同情的になっていることに気づいた。もしかしたら、わたしたちはやっぱり友達になれるかもしれない。

とにかく、興味深い話題はいくらでもあった。ミセス・チェイスは話し続けた。彼女は自分の健康状態をくよくよ考えたくないという。健康の話ばかりしているように思えるときがあり、ひどく退屈なのだと。自分の限られた地平線の向こうで起きていることを話すほうがいい――確かにすばらしい屋敷だけれど、この家の壁の外にあることについて話したいのだと。女性探偵としての経験について話してくれませんか？　とても刺激的でしょうね！　危険なのですか？　想像もつかないわ。今はどんな事件に取り組んでいるのですか？

「ああ、すみません。でも、調査中の事件についてはお話しできません」わたしは言った。「理解してくださいますよね――顧客がわたしたちを信頼して問題を任せてくれるのは、お医者様のところへ行くようなものなのです。誰かを楽しませるために、医者が奥様の病状をほかの人と話し合うなんて考えられないでしょう」

ミセス・チェイスは医者が興味深い症例について書き記していると、もっともな指摘をした。とはいえ、ほとんどは娯楽のためではなく学問のためでしょうけれど、と。それに、新聞には犯罪事件ばかり載っています。謎は大人気なのです。不可解な謎がどうやって解決されたのかを誰もが聞きたがっています。夫人はわたしが話したがらないわけを理解しなかった。探偵なら、探偵らしいことをしているのでしょうと、夫人は言った……それとも、興味をそそられない事件ばかり解決してきたのですか、と。ブーツを盗んだ不良少年を捕まえたとか、そういった事件ばかりなのですか？　もし、個人の秘密を厳守しなければならないなら、架空の名前で話してください――顧客をミスター・Aとして、悪者をミスター・Xとするとか。

わたしは断るのが無理だと悟り、話しても害はないだろうと判断した。最近の捜査については話すつもりはなかったが、贖罪物の奇妙な事件について話した――これまで解決した中で最初の、そしてもっとも不思議な事件について。

注目の的になるのは慣れていなかったから、わたしはこれほど熱心に耳を傾けてもらえることに、こんなにはっきりとした関心と敬意を持って聞いてもらえることに自分が魅せられていると気づいた。小さくはない役割を自分が演じた冒険について語っていたからなおさらだった。

けれども、この経験は普通の会話よりもはるかに奇妙なものに違いなかった。通訳を介して誰かと話したのははじめてだったし、どんなに不思議なものか、これまで知らなかった。話したあと、自分の横でわたしの言葉を聞いた人の口から別の言語となって出てくるのは。耳元で語られるチェイスの声はゆっくりした、変わった音のこだまのようだった。奇妙なほど訛りのある、柔らかで一本調子の声。

ミセス・チェイスの目は夫よりも丸くて大きかったが、似たようなくすんだ青色をしていた。彼女の目はわたしの目にぴたりと据えられていた。すべての言葉を一心に聞いているようだったが、同時に、まったく耳に入っていないようにも見えた。彼女は夫が話すのを待っていたため、理解するのが遅れるからだった。

疎外感めいたものが強まっていった。自分が何を言ったかわかる前に、わたしはチェイスの話を聞かなければならないかのようだった。わたしは話を見失い始めた。夢の中にいるみたいな妙な感じだった。たいていは楽しい夢だったが、自分が間違ったことを言ったか、言うべきでないことを口に出してしまったように不安になった瞬間があった。わたしはそんな恐れを声に出したに違いない。なぜなら、何も心配する必要はないとチェイスが言い、妻は同意を示してうなずいたからだ。わたしは正しくて適切なことしか言わず、とてもおもしろかったとチェイスは言ったのだった。

一時間か二時間経ってからベルグレイヴ・スクエアをあとにしたとき、わたしはチェイス夫妻の双方に温かい気持ちを抱いていた。前にチェイスにかきたてられた不安感はすっかり消えてしまった。ほんのわずかでも彼を信じなかったなんて、自分は何と不公正で理不尽だったのかと感じた。ミセス・チェイスがわたしやほかの女性に嫉妬しているという考えは明らかにばかげていた。チェイスが妻を愛し、彼女も夫を愛しているのは間違いなかった。互いへの愛情はとても強いものだったのだ。三人での内緒話をしていた間に、彼らの愛情の一部がわたしにも影響したような気がした。

第十七章　悪夢

午後の早い時間にわたしがガウアー街へ戻ると、出かけようとしていたジェスパーソンは足を止めてミセス・チェイスとの会話について尋ねた。

「あら、とてもうまくいったのよ」わたしはにっこりしながら言った。説明のつかない楽しい感情でまだ浮き浮きしていた。「奥様はきれいで若く、とても知的な方だったの。なかなかすてきな噂話をしたのよ」

「噂話？」彼は信じられないという目でこちらを見ながら繰り返した。「きみらしくない気がするな、ミス・レーン」

「じゃ、会話ということね。お話。話し合い」わたしは言った。こんな異議を唱えられて、軽く狼狽した。「わたしがどんな言葉を使おうと問題じゃないでしょう？」

「しかし、どういう噂話やら会話やらをしたんだ？」

ふいに心が空っぽになった気がした。「あなたが興味を持つような話はないわよ」そっけなく言い、この無意味な尋問を終わりにしてほしいと思った。

「じゃ、何の謎もなかったわけだな」

わたしは当惑して眉を寄せ、首を横に振った。「謎なんてないわね」

「残念だ」ジェスパーソンが言ったとたん、ようやくわたしは彼が何を予想していたかを思い出した。自分も大いに乗り気になった思いつきで、ミセス・チェイスからの招待は探偵を必要としているからではないかというものだった。

「気にしなくていい」ジェスパーソンは話を続け、ポケットにメモ帳と鉛筆が無事に収まっているのを確かめた。「おかげでこっちの事件に時間を充分に費やせるだろう。ぼくは手掛かりらしきものを得たところだ。エヴァンズ大佐とかいう人物が、ムッシュー・リボーが失踪した夜に彼を見たかもしれないそうだ――辻馬車に乗るところを。大佐はこの二カ月、カーターズ・ホテルに妻と滞在している」

わたしはぼんやりした表情だったらしく、彼は説明した。「カーターズはアルベマール・ホテルのすぐ隣なんだ。大佐に会いに行く。ぼくを待たずにお茶にしてくれと母に言ってあるよ――だが、うんと遅くなるようなら電報を打つ。クリーヴィーについて何か知らせがあったら、ぼくのクラブに伝言をよこしてくれ」

わたしは寝ないでジェスパーソンを待とうと決意していたが、十時になるころにはあくびが止まらず、ベッドへ入るしかなかった。

頭が枕についたとたん、深いゆったりした眠りに苦もなく落ちたに違いない――けれども突然、目が覚めた。心臓が恐怖で激しく打っている。

暗闇の中でも、見慣れた自分の寝室にいることはわかっていた。いったい何に驚いたのだろう？ いつものように街灯のかすかな明かりがカーテンの生地を透かして差し込んでいたが、変わったものは見えなかった。目を覚ます原因になった音を探ろうと耳を澄ましても、外の歩道には足音一つ、馬車が通る音一つ聞こえない。手掛かりを与えてくれそうな声も、人がたてる物音も聞こえてこなかった――夜もかなり更けているのだろう。恐怖で鳥肌が立つ原因となったものは何なのか？

そのとき、彼が見えた。

男が一人、ベッドの足元に立ち、わたしを見ている。窓を背にしていたから、男の顔は影になり、どんな人なのか見極められなかった。実際、頭と肩の輪郭しか見えなかったが、それだけでも彼が大柄で非常に長身だとわかるには充分だった。

叫ぼうとしたが、悲鳴は喉から出てこない。恐怖の一瞬、わたしは凍りついていた。まるで悪夢を見ているように、声も出せなければ動くこともできない。

そのとき、麻痺した状態が解け、わたしはどうにか寝具の下からもがいて出た。侵入者から一番遠い側でベッドから転がり出る。両腕を突き出し、あてずっぽうに前進してなんとか扉までたどり着いた。指がノブに触れ、さっと扉を開けて転がるように廊下へ出た。

怖くてすすり泣きながら、やっとのことで階段へ向かう。

二階は暗かったが、一階はジェスパーソンのために明かりが一つ、玄関ホールに灯してあった。明かりがついているということは――絶望的なほどの恐怖に破壊されずにいた、頭のわずかな部分を働かせたのだ――ジェスパーソンはまだ帰っていない。だったら、思ったほど遅い時間ではないのかも。けれどもそのとき、無謀なほどの速さで階段を駆け降りて、しっかり手すりを握っていなかったら真っ逆さまに転げ落ちかねなかったそのとき、見えたのだ。彼の外套とマフラーと帽子がコート掛けにあるのを。水滴がまだ外套の生地についている。

人間が同時にいくつものことを考えられるのは驚嘆に値するのではないだろうか？――しかも、ほとんど考える時間もないような場合に。命の危険を感じながらも、わたしはまだこんな細かい事柄を理解できたのだ。ジェスパーソンが帰ってきたばかりで、すぐそばにいるに違いないと。たぶん居間で暖炉の火をかき立てて温まろうとしているか、ペンを手にして机に向かい、朝になったらわたしに話すつもりのことをすばやくメモしているかだと。

だったら、助けを求めて彼のところへ走ればいいじゃないの？ 話したらすぐ、ジェスパーソンは二階へ行って問題に対処してくれるはず――銃や杖、または賢明な頭で立ち向かってくれる。

でも、頭の一部はこんなことを考えていたのに、自分が彼の助けなど必要としないことに気づいていた。問題は心の中にあったのだ。わたしは悪夢のせいで怯えていた――ジェスパーソンが帰宅した物音で目が覚め、寝ぼけていたのだ。侵入者などいなかった。背の高い大男が部屋にいるから怖いなんてわめきながら彼のいる部屋に駆け込んだら、どう思われるだろう？　か弱くて愚かな女だなんて、思われるのは耐えられなかった。わたしは自分たちの仲間関係を楽しんでいた。気楽さや対等だという感覚を大いに気に入っていたのだ。当然、こんなばかげた恐怖心を抱いて彼のところへ駆け込むわけにはいかない。

こういったことをすべて考えた時間のほうが、こうして文字に書く時間よりもはるかに短かっただろう。いろいろなことを思うのと同時に、わたしは階段を駆け降りていた。そして自分の部屋には実際に誰もいないとわかっていたのに、なおも強烈な命令に駆り立てられていたのだ。逃げろ、と。外に行かなくてはという衝動に理由はつけられなかった。理由など関係なかったからだ。恐怖心はわたしに部屋から出ろとそそのかし、家の中のどこにいても安全ではないという気持ちにさせた。外に出なければならない。意思決定をしている自覚はなかった。わたしは本能に突き動かされていたのだ。

〝逃げろ逃げろ逃げろ〟

階段の一番下から玄関の扉までの距離はわずかで、足が玄関ホールの絨毯を踏んだかと思うと、わたしは早くも腕を突き出し、扉を開けられるようにスライド錠をつかんで外そうとしていた。きっと錠を外して飛び出していただろう。もし、ジェスパーソンが帰ったばかりだという証拠を目にし、考える余地を自分に与えなかったなら。

虚栄心に煽られた、ばかげたとりとめのない考えばかりが浮かんでいたが、今になって思ったのだ。ジェスパーソンが驚くのではと心配するなんて、まったくばかばかしいと。親友だと思うようになった人間に、寝間着姿の自分を見せることを案じるとは。通りすがりの見知らぬ人に同じだらしない格好を見せても平気なら、全然かまわないはずだ。

通りに飛び出すなんて愚の骨頂。わたしが安全でいられるのはここだ。この家の中なのに。

そのとき、気がついた。相変わらず無意識に行動していたが——夢の中にいるように——自分がジェスパーソンの外套を着てマフラーを巻き、扉に手を置いていることに。でも、靴は履いていなかった。困惑して考えた。いったい、わたしはどうしたの？

ジェスパーソンが玄関ホールに出てきた。「何か聞こえたかと——」彼は目を見開いた。「ミス・レーン！　どうしたんだ？」

わたしはどんな醜態をさらしていたことだろう。彼の外套をまとい、裸足で、もつれた髪にマフラーを巻いた姿。燃えている建物から逃げなくてはと言わんばかりの格好。

説明しようとした。どんなにお粗末なものかよくわかっていたけれども。「ごめんなさい——悪い夢を見たの」わたしはあとずさりを始めた。

ジェスパーソンはわたしを逃がすまいというように、こちらをじっと見つめていた。「ただの悪夢か？」

落ち着かない思いで肩をすくめた。「そうに違いないのよ。本当のことかと思ったのだけれど——

今は目が覚めて……」

「話してくれ」有無を言わさぬ口調だった。

深く息を吸った。「わたしは突然、目が覚めて、見えたの――見えたと想像したのよ――ベッドの足元に男が立っていると。震えあがったけれど、叫べなかった。逃げることしか考えられなくて」今や体のまわりにだらりと垂れている彼の外套を指し示した。「ずっと寝ぼけていたに違いないわね。お騒がせしてごめんなさい。さあ、ベッドに戻るわね」

「待て。ぼくも一緒のほうがいい――念のためだ。そこにいろ。すぐ戻る」ジェスパーソンはあっという間にランプとリボルバーを持って戻ってきた。

ジェスパーソンが先に立ち、わたしがあとから階段を上った。

わたしの部屋には誰もいなかった。

そのことは二人ともすぐにわかった。雰囲気の問題だろう。誰もいない部屋は、人が隠れている部屋と気配が違う。とはいえ、ジェスパーソンは徹底的に室内を調べた。ベッドの下やカーテンの後ろに何者かが隠れていないことを確かめた。窓は掛け金が掛かって閉まっていたし、窓枠についた結露の模様が乱れた様子もなかった。

わたしはあくびしてベッドの端に腰かけた。恐怖心は消え去り、疲労に押しつぶされそうだった。

「きみが見たものを正確に話してくれ。どこにいたかを」ジェスパーソンは命じた。

「男の頭と上半身が見えたと思ったの――体の輪郭だろうけれど、なぜかもっとしっかりしたものに見えた。彼は窓を背にして立っていたから、顔はわからなくて。なんだか実態のある影という感じだった」冷たい指で突かれているように、恐怖が蘇ってきた。わたしは身震いした。「彼はちょうどそこに立っていた。あなたが立っているところから二フィートほど離れたところ。でも、彼のほうがもっと背が高かった」

「もっと高かったって？」

「少なくとも頭一つ分は。それにもっとがっしりしていた」

「クリーヴィーのようにかい？」

「あれはアーサー・クリーヴィーじゃなかったわよ」わたしはきっぱりと言った。「もしそうだったら、あんなに怖くなかったはず」

「勝手にきみの寝室に入ってきてもかい？　あの男にはどんな不思議な力があるんだろうか？　結婚している女性だけじゃなく、未婚女性たちも彼の魅力に影響されるとは」

ジェスパーソンの口調にはなんとなく不快な感じがあった――確かに嘘ではないけれど、未婚女性という言葉のせいかもしれない――ので、わたしは背筋をぴんと伸ばした。「言ったでしょう、あれはクリーヴィーじゃなかったって」

「体の大きさがわかった以外は、顔もほかのところも見えなかったと言ったのに、なぜわかるんだ？」

「あの人間には何か邪悪でおぞましい気配があったからよ。動いてはいなかったけれど。あの危険で、強烈な悪意はクリーヴィーと結びつかないもの」わたしはため息をつき、頭を振った。「わたしたちは夢のことを議論しているのよ――目が覚めていたときの悪夢を。そういったものにはそれなりの論理があるし、話しても無意味……」

「ぼくにはそうは思えない。きみはよく悪夢に悩まされるのか？　前にもこんな夢を見たことがあったかい？」

わたしはまたため息をついたが、今度はため息があくびに変わり、目に涙が浮かんで返事ができなくなった。

「すまない」ジェスパーソンは言った。「質問攻めにすべきではなかった――とにかく今は。きみはものすごい恐怖を感じたのだし、休まなくてはな」彼は扉まで行って立ち止まった。「ランプを置いていこうか？」

ランプはいらないと請け合った――そう長くは目を開けていられないだろう。ジェスパーソンが出て静かに扉が閉まると、わたしは彼の外套を着たままベッドに仰向けに寝て、たちまち眠りに落ちた。

第十八章　不気味な頭

翌朝、わたしは台所でジェスパーソンがコーヒーを淹れているところを見つけた。巻き毛が乱れ、両頬と顎にうっすらと髭があるところからすると、まだ鏡を覗いていないらしい。きれいに片づいている台所だが、彼がコーヒーの粉をまき散らし、水を跳ね散らかしている隅だけは例外だった。

「お母さまはもう出かけたの？」

「ああ、慈善関係のえらく早い時間の集まりがあるとかで、勝手に食べてくれと言って出かけたよ。朝食にはぼく特製のうんと濃い目のコーヒーとバターつきパンでもどうかな――もっとも、きみが料理の義務を引き受けたいなら、話は別だが？」彼は期待がこもった視線を向けてきたが、わたしは首を横に振った。

「コーヒーとパンで文句なしよ。あなたのコーヒーはどこで飲むものよりもおいしいから――わたしには温めたミルクも入れてくれればね」

ジェスパーソンは殉教者めいたため息をつき、ミルク用鍋に手を伸ばした。

彼が普段のように接してくれることがうれしかった。わたしの悪夢に関する話をいつまでも無視するわけにはいかないとわかっていたけれど、それを彼が最優先にしなかったから安堵した。

パンとパターが載った皿と、熱くて濃くておいしいカフェオレのカップを前にしてテーブルに着いたとき、ジェスパーソンは捜査の最新状況を話してくれた。

インドから帰ったばかりで、今はカーターズ・ホテルで暮らしているエヴァンズ大佐とその夫人に会ったそうだ。夫妻は十月五日の夜、ピカデリーサーカスのほうへ歩いていたときの様子を語った。一台の二人乗り二輪馬車が横に止まり、中に乗っていた男が「リーボウ!」と声をかけたとか――それで彼らのすぐ前を歩いていた紳士の名がわかったというわけだった。

馬車に乗っていた客はムッシュー・リボーを知っていたようだったが、彼のほうは怪訝そうな顔で慎重に馬車に近づいた。だが、短いやり取りのあと――残念ながら、大佐にも夫人にも話は聞こえなかった――フランス人のリボーはその馬車に乗り込んで去っていったのだ。

こんな話は何一つ、捜査の進展には役立ちそうになかった。今のロンドンには四千台ほどの(この数字はジェスパーソンから聞いたものだ。彼は〝四輪辻馬車〟を加えれば、七千台にもなるとつけ加えた)二人乗り二輪馬車があるのだから。けれども、偶然にもエヴァンズ大佐はその馬車が前の晩、自分と妻が劇場からの帰りに乗ったものだとわかったのだった。

なんだか信じがたい話だったけれど、ジェスパーソンの説明によると、大佐はたいそうな馬の目利きで、どこで馬を見かけても注目するのだという。この馬車を引いていた馬は大佐によると「めったにないほど見事な灰色」だったので、彼は血統だの蹴爪だのといったことを御者と話すのに夢中になった。とにかく、大佐はその馬だとわかり、相手に気づいたしるしに御者と会釈を交わしたそうだ。

「エヴァンズ大佐から得た情報に基づいて、その御者を探すことができたよ。そして――彼は最初、一カ月も前にたまたま乗せた客について何も覚えているはずはないと、ぼくを笑い飛ばしたが――思い出したんだ。馬好きの大佐と、彼がたまたま通りかかった偶然のことを。御者によると『おかしな奴』という乗客がフランス人にちょうど声をかけた瞬間にね」

御者はこの最初の客をチャリングクロスで拾ったという。御者はこの男を北部の人間、またはアイルランド人でごく最近、ロンドンに着いたのではないかと思った。男はアルベマール・ホテルに連れていってくれと頼んだが、それから気が変わって、景色を見たいから少し走り回ってほしいと言った。だが、またすぐにアルベマールへ行ってくれと要求した。そこで友人を待ちたいからと。

まあ、別に不都合はなかった。とにかく、御者は金を払ってもらったのだから。

「彼はこの乗客の人相を言えたの?」

「あいにく、ほとんど男を見なかったらしい。もう暗かったし、霧も出ていた。馬車が呼び止められたとき、男の服装や態度に特に変わった点はなかったし、顔にもとりわけ記憶に残るような点はなかった。髭をきれいに剃っていた――と御者は思ったらしい――が、確かではない。それに、あまり話し好きでもなかったようだ」

「ムッシュー・リボーについては？」

「最初の乗客はリボーと何も話さなかったらしい。御者が覚えているのは二人をカフェ・ロワイヤルに連れていったことだけだ。だから、ぼくは次にそこへ行った」

カフェ・ロワイヤルの給仕係の一人がムッシュー・リボーの写真に見覚えがあった――とはいえ、それが十月五日の夜かどうかは確かでないという。数週間前のことだし、二人の紳士が――二人のフランス人がいたからだと。

「二人ともフランス人だったの？」わたしは困惑して言った。

「彼らはフランス語で話していた。給仕係はフランス語がわかった。ぼくが写真を持っていれば、もう一人の紳士も見分けられたかもしれないと給仕係は言ったよ。だが、詳しい人相を聞く限りでは……」ジェスパーソンは頭を振った。「口髭はあったが、顎髭はなく、茶色がかった髪で、身なりはよかったが特に目立つものではなかったらしい」

「だったら、実際のところ、それ以上進めないわね」わたしは悲しい気持ちで言った。

わたしは立ち上がって朝食の食器を片づけた。洗い始めると、ジェスパーソンが片手に布巾を持ってシンクにやってきた。しばらく無言で一緒に作業したが、彼が口を開いた。

「きみの悪夢のことだが」

わたしの心臓は少し速く打ち出した。「え？」

「例の男の細かい点は見えなかったと、きみが言ったことはわかっている。たとえそうでも、きみは誰がその男じゃなかったかについてはかなり確信を持っていたね。ぼくではなかったし、クリーヴィーでもなかったと。体格的には同じくらいだったというのに。その男が見知らぬ人間だと本能的に感じたかい？　それとも、明るいところなら誰だかわかる奴だったかな？」

答えが浮かんできて、わたしは恐怖で鳥肌が立った。そのことは考えなかった——たぶん、考えないようにしていたのだろう——けれども、ジェスパーソンの質問を聞き、コサックの巨大な体躯と、灰色がかった白くて滑らかな顔が心の中に浮かんだ。

話すことはできなかったが、どうにかうなずいた。

ジェスパーソンの優美な高い鼻の上に小さな皺が現れた。「誰だ？」

「あれは……コサックよ」

「ロシアの戦士のことか？」

「いえ……そう……それはチェイスのところで働いている男の呼び名なの。彼の使用人よ。コサックは身長が七フィートはあるに違いないし、ものすごく青ざめた肌をしている——ベニントン卿の屋敷で彼とぶつかりかけたとき、心臓が止まりそうなほど怖かった。わたしは——このことを言わなかったかもしれないわね」

「ああ、言わなかったな」ジェスパーソンの口調からは、わたしが話さなかったことを当然だと思っているのか謝るべきだと思っているのか、うかがえなかった。

けれども、コサックを昨夜のことと結びつけると、わたしの気持ちは急に楽になった。考えを声に出して言いながら、台所を行きつ戻りつした。「ええ、そうね、彼は恐ろしい外見だけれど、生まれつきのものはどうにもならないでしょう。本当の名前はピョートルとか――たぶん、ピーターのロシア名でしょうね。少しも従者らしくないけれど、ミセス・チェイスの家族のために長い間働いてきたから、クビにはできないらしいの。だからチェイスは彼を手放さないのでしょうね。とにかく……わたしはコサックに驚いて、彼のことを考えないようにしたの――あのときのことを考えたくなかった。あんなに怖がったことが恥ずかしかったから。怖がりすぎたもの。見知らぬ人が通るのをちらっと見ただけで――どれほど大きくて奇妙な風貌だったとしても――あれほどの恐怖心を植え付けられた理由は説明がつかない。だから、彼がわたしの夢に現れても驚きじゃないわね」

「ふうむ」ジェスパーソンは言った。「おそらくそうだろう」表情は何も語らなかった。居間は台所よりも寒かった。暖炉が消えているか、まだ火がついていないかだろう。使用人がいない家では、単純な快適さすら当たり前のことではない。ジェスパーソンは少し時間をかけて暖炉に火をおこしたけれど、心が和む光景ではあっても、凍えるように冷たい空気にはほとんど変化がなかった。

「さて」ジェスパーソンは火をおこす作業が終わると言った。「昨日、きみに会ったときは時間がなかった。だから、ミセス・チェイスから探り出した〝噂話〟について聞かせてくれ」

わたしはまたしても肌が粟立つのを感じた。噂話という言葉を使ったのは覚えていたし、そのことでジェスパーソンに非難されたことも忘れていなかった。「きっとがっかりするわよ」

「なぜだい？」

「わたしが彼らについて知ったことよりも、向こうがわたしについて知ったことのほうが多いでしょうから」

「彼ら？」

「チェイスは一分たりともわたしと夫人だけにはしなかったのよ」

「へえ！　そいつはおもしろい」ジェスパーソンは暖炉の炎に向かって顔をしかめ、顎を撫でた。「理由は何だったと思うかい？」

あの夫婦が顔を見交わしていたときの表情を思い返してみた。ミセス・チェイスがどんなふうに夫を見つめていたかを。主人を恐れている女性に見られる、怯えた服従の様子は示していなかった。彼女は夫を愛していたし、彼を裏切ることもないだろう。

「チェイスは隠しておきたい何かを妻が話してしまうことを恐れていたのかもしれない。意図的に話すにせよ、うっかり漏らすにせよ」わたしはゆっくりと言った。「とにかく、わたしは彼女がこちらを信用して何かを打ち明け、悩みに関する捜査を依頼してくるんじゃないかと思い込んで出かけたの」

「だが、もうそんなふうには思っていないんだな」

質問ではなかったけれど、彼がそう言い切った裏には別の質問がひそんでいた。わたしはうなずいたが、居心地の悪い感覚をジェスパーソンに話す気にはなれなかった。夫婦仲の良さを目にしたにもかかわらず、チェイスのわたしに対する関心には度を超えた、普通ではないものがあるのではないかという感覚を。そんな気持ちを言葉に出したら、さらに重みを増してしまいそうだった。自分が神経過敏になっていて、チェイスの態度を誤解していることを願っていた。

ジェスパーソンは落ち着かなくなるほど鋭い視線をわたしに据えたので、心の中を見抜かれそうな気がした。「妻がきみに何を話すかと恐れる理由がないなら、彼はなぜ、きみたちだけにさせなかったのだろう？　ほかにすることがなかったのか？　女性たちの噂話にとても興味をそそられていたから、邪魔だと思われる場にとどまったのか？」

守勢に立たされ、夫人が英語を話せなかったことやわたしのフランス語が役に立たなかったこと、チェイスが通訳を買って出たことを話した。「それに、夫がそばにいて、夫人はうれしそうだったの」

「だったらなおさら、二人を離れさせるべきだったな。引き離して征服すべきだった。訪ねてくれと彼女を招待すべきだったよ。彼女と二人きりで話さなければだめだ。ぼくたちに妻が話さないでほしいとチェイスが思っているのが何か、突き止めなければ。きみのフランス語で充分なはずだ……それに、彼女はきみが思っているよりも英語を話せるかもしれない」

「ミセス・チェイスは来ないわよ。体が丈夫ではないの。めったに家から出ないとか」

「ずいぶん確信があるんだな。試しに招待してみないのか？」

「もちろん、やってみるけれど」

今度ミセス・チェイスに会うときまでに語彙力と会話力を向上させておこうと決め、わたしはフランス語の文法を何時間か必死に勉強した。さらに、素手による戦いについても講義を受け、この東洋の技の裏にある理論をさらに学んだ。その場にとどまって岩のようにしっかりと立つことが必要な場合もあれば、逆らわずに身をかがめ、水のように力を受け流すことが必要なときもあった。どうするかという決断は考える間もなく、相手の攻撃に応じて下されなければならない。

「でも、どうしてそんなことができるの?」わたしは尋ねた。ジェスパーソンも母親も楽々とそれをやってのけるのを見て、またしてもいらだっていた。「わたしはどう反応するのが最善かを見つけるため、考えなければならないのに――」

「だが、それじゃ遅すぎるんだ」ジェスパーソンは言った。「考えないようにしなければならない――とにかく頭では。体に考えさせろ。そんな目で見るなよ。きみが理解していないことは承知しているが、練習していればできるようになる。すでに、きみは方法を知っているじゃないか――自分がわかっているということに気づいていないだけだ」

「そんなのばかげているわよ」

「いや。人間は考えるようにと教えられる。観察して、何らかの方法で学べと。だが、合理的な考えという時間のかかる過程に頼らない、ほかの方法もあるんだ」

「本能?」

「体による知識だよ。まだ姿は見えないが、誰かがきみのほうへやってくることを感じたとしよう

――奴らが自分を傷つけるつもりだと、きみにはわかる。誰かに会って間もないうちに、その人をもっと知りたいという気持ちにさせるものは何だろう？――あるいは、あまり知りたくないという気持ちにさせるのは？　きみは誰かを不正直で信用すべきではないと感じるが、世間はそいつを清廉潔白さの見本、教会の柱のような人だと言っているかもしれない……きみは誰を信じる？　ぼくなら、自分の感情を信じるべきだと言うよ。『第六感』がある人がいるとか言うだろう――だが、ぼくは誰でも第六感を持っていると思うよ……もしかしたら、第七感とか第八感とかまであるかもしれない。そういった感覚を適切に発達させる方法を学んだことがないだけだ」

似たような議論をＳＰＲの人たちと経験したことがあった。でも、言っていることの意味を実際に見せてくれた人はいなかった。ジェスパーソンは別の方法というものを確かに学び、一種の超覚醒の能力を発達させている。意識的な思考の過程と、無意識の思考の過程を結びつけるものだ。

ジェスパーソンは霊能力の才能を発達させてきたとは主張しなかった。でも――ほかの人なら「透視能力」とか「精神感応力」と名前を付けるものと、体による、この名前もない知識、身のまわりの世界と調和するこの能力はとても近いかもしれないと考えずにはいられなかった。その晩、ベッドへ行ったとき、鮮やかな悪夢を思い出して不安で胸が締め付けられたことをわたしは告白する。部屋が霊に取りつかれているとしたら？　そんな考えを嘲笑ったけれど、ベッドの下やカーテンの後ろをきちんと確認した。窓の掛け金を点検し、扉に鍵を掛けてそれを枕の下に入れた。ベッド脇のテーブルには、手が届くところに蠟燭と箱入りマッチがあるのを確かめてからランプを消した。

ベッドは暖かくて心地よかった。大丈夫だと納得し、いい夢だけ見ようと心に決めて間もなく眠りに落ちていった。

けれども、それはまた起こったのだ。

わたしはその日の早くにジェスパーソンが言ったことを思い出した。第六感を通して持つ知識についての言葉。それに、昨夜の恐怖が間違いだと確かめられたことも思い出したが、どきどきする心臓と、叫び声をあげている全神経はわたしが危険に瀕していると主張していた。

息を詰め、侵入者の居場所を警告してくれそうな音が聞こえないかと耳を澄ます——床板のきしむ音や何かが動く音、息遣いが聞こえないかと。昨夜、訪れた男はベッドの足元に立っていたようだったが、わたしは今、そのあたりを見ていた。暗闇の中でも窓の付近は少し明るかったが、その前には誰もいなかった。

わたしは振り返った——すると、青ざめた恐ろしい顔があった。暗闇に浮かんでいる月のように。顔はあまりにもベッドのそばにあったので、コサックがわたしを捕まえるために身を乗り出しているに違いないと思った。

悲鳴をあげた——少なくとも、あげようとした。口を開け、恐怖心で緊張していたが、声は出てこなかった。

〝これは夢よ〟けれども、理性は恐怖に対してまったく効果がなかった。全身の神経が訴えている。〝逃げろ逃げろ逃げろ〟

寝返りを打って急いでベッドから出ると、扉へ走った——ノブを引っ張っても無駄だった。扉は開こうとしない。

〝これは悪夢よ〟どうしてわたしが閉じ込められているの？

そのとき思い出した。自分で扉を施錠し、鍵を枕の下に入れたことに。

つまり、鍵を取るためにベッドへ戻らなければならないのだ。パニックに駆られる中で、ある声がわたしに伝えていた。部屋から逃げ出さなければだめだと——家からも。外に出るまでは、わたしを脅している生き物から無事に身を守れないと声は告げていた。

でも、その声が信用できなかった。それは本能ではなく、パニックだった。パニックは信用できない。わたしはここにとどまって悪魔と戦わねばならない。しかも、今すぐに。

だからベッドのほうへ戻り、小テーブルに手が届くと箱入りのマッチを探って、震える指でなんとか一本擦って蠟燭に火をつけた。

〝明かりがあれば、あいつは消えるだろう〟蠟燭を掲げると、炎はわたしの神経のように震えている。けれども、わたしは間違っていた。目はしっかりと覚めていたが、悪夢はまだ続いていたのだ。

男の頭が、胴体のない頭だけが、小型の月のように宙に浮かんでいた。ベッドの四フィートか五フィート上に。ぞっとするほど青白い顔で目を閉じている——生きている者の顔には見えず、絞首刑になった犯罪者から取ったおぞましい記念品の死面《デスマスク》を思わせた。どことなくコサックの気味の悪い顔つきと似ていた。

とても醜くて異常なものだったが、ただの仮面が、または胴体のない頭がどうやってわたしを攻撃するというのだろう？　生身の侵入者の脅威にさらされているのではないとわかり、好奇心を覚えた。すると、逃げろとしきりに勧める心の一部をさっきよりも無視しやすくなった。

今ではもっとはっきり考えられた。この部屋で何晩となく眠ってきたのだから、ここが幽霊に取りつかれているはずはなかった。となると、これはウィルキー・コリンズの『幽霊ホテル』に出てくるもののように、亡霊ではなくてなんらかのトリックか幻影に違いない。わたしは是が非でも事の真相を探るつもりだった。

深く息を吸うと、ゆっくり歩いてベッドの後ろに回り込み、蠟燭を手にしたまま不気味な頭に近づいた。歩きながらその頭から視線を離さないようにするのと同時に、あらゆるところに視線を走らせてもいた――床や天井、まわりの空中に――あるべきではない、隠れた針金といったものがないかと。時間をかけて歩いていた理由の一つはそうやって探るためだった。もう一つの理由は、頭のところまで行ったらどうすべきか、まだ心が決まらなかったからだ。なんとか頭に触れてみる？

前に進んでいた足は、ふいに響いた何かを鋭く叩く音のせいで止まった。わたしは悲鳴をあげた。思いがけない音に驚きすぎて、それが霊との交信に関わるものとしか考えられなかったのだ。

「ミス・レーン？　大丈夫か？」

ジェスパーソンの声に続き、ノブをさかんにガタガタ鳴らす音が聞こえた。

「ええ！　待ってて。今開けるわ」

わたしは隠し場所から急いで鍵を取り出し、扉の鍵を開けた。部屋着姿のジェスパーソンが立っていた。赤みがかった巻き毛は乱れ、手にはランプを持っている。

「寝ているところを邪魔したのでなければいいが、何か聞こえた気が――」

「入って――これを見て！」あとずさって彼を招き入れた。

「見るって、何を？」

わたしは振り返り、戸惑って息をのんだ――何もない。あの頭が消えている！

「あそこにいたのよ――ベッドの向こう側に――亡霊が――頭が、宙に浮いていたの」

「すぐにぼくを呼べばよかったのに」

早くも彼は部屋の中ほどに入っていて、今はかがんで床の何かを見ていた。急いでそばに行くと、しわくちゃのリネン地の切れ端のような物が見えた。ジェスパーソンはそれを取った。

彼の指がその何かに沈み込んだかと思うと、それは消えてしまった。瞬く間に縮んでしまったのだ。

柔らかな雪の山が溶けてなくなるように。たちまち残ったのはランプの明かりで光って見えた、絨毯の上の染みだけになったが、それもすぐになくなった。

「何だったの？」わたしは小声で訊いた。

「心霊体と呼ぶ人もいる。フランスのある紳士――ドクター・リシェ――はエクトプラズムという言葉を提案した。真の実体がそこから形作られるという物質のことだ。一説には、気体と液体と固体のどれとも言えるこの謎の物質が、ある程度の能力を持つ霊能者の体から生まれて流出すると言われ、この世を訪れる霊魂が一時的に利用するものらしい。結局のところ、実体のないのが当然の霊魂は時おり出現するためにどこかから有形の物を手に入れなければならない。ぼくはそれについて読んだことはあるが、実際に遭遇したことはなかったよ――きみは見たことがあったかい？」ジェスパーソンは強い興味を浮かべた明るい目でわたしを見つめながら立ち上がった。

わたしはふたたび恐怖に襲われた。普通の口調で話すにはかなり内面の苦闘があった。「ええ。少なくとも、見たことはあると思う。一度だけ。そういうものをある霊能者が作ったのを見たわね。告白すると、わたしはその霊能者が詐欺師だと思ったの。でも、詐欺だと証明するのは難しかった。彼女からその物質が出てくる様子や不快な性質のせいで、調べたいという気になった人もいなくて……」

話しながら、わたしは向きを変えてランプのところへ行って火をともし、蠟燭の火は消した。蝋がぽたぽたと垂れて不都合だったのだ。それからふいに思い当たった。寝室に若い男性を迎え入れているわたしを誰かが見たら、どんなに不適切だと思うだろうかと。そこで慌てて部屋着を身にまとった。

「ぼくも見たかったよ」ジェスパーソンはうらやましそうに言った。「本当にぼくを呼んでくれたらよかったのに……叫んでくれさえしたら――」

「言っておくけれど、わたしは叫びたくてたまらなかったのよ！　叫ぼうと全力を尽くしたのに、恐ろしい悪夢の中にいるみたいにまったく声が出てこなかった。だから当然、自分は本当に目が覚めているのだろうかと思ったの。もし昨夜、扉に鍵をかけて、その鍵を隠しておかなかったら、前のときと同じように逃げ出していたでしょう。理由はわからないけれど……もちろん、わたしは怯えていたわ。あんなものを自分の部屋で見たのだもの。でも……わたしはああいうものを調べることを仕事にしてきたんじゃなかった？　好奇心はあるし、形を持って出現する霊魂が存在するのかしないのかを証明する機会があれば、ぜひ調べたいと思うはずでしょう。なのに、わたしの体の全神経は逃げろと叫んでいたし、もう少しでそうするところだった」

ジェスパーソンは真剣にわたしを見つめていたが、急に息を吸うと、大声をあげた。「もちろんだ！　あいつはきみに逃げさせるつもりだったんだ！　怖がらせて外へ逃げ出させたかったんだよ」

「誰が？」

けれども、ジェスパーソンは小声で罵りながら部屋から駆け出してしまった。階段を速足で下りて玄関の扉へ行く物音が聞こえた。

わたしも玄関ホールへ行くと、蠟燭を手にしたイーディスとばったり会った。ナイトキャップの下の顔にはいつもと違う険しい表情が浮かんでいた。「いったい何が起こっているの？」

わたしは肩を小さくすくめた。「ジェスパーソンには何か考えがあるらしくて」

「まともな時間になるまで、あなたと話し合うのを待てなかったのかしら？」

「お騒がせしてしまったならすみません、イーディス」申し訳ないという思いで言った。「でも、部屋に何かが現れて、わたしが怯えてしまって――今度はそれが本物のちゃんとした人間ではないとわかりました——でも、あなたの息子さんとそのことを話したら、何か思いついたようで——」

「なるほどね。あなたは不賛成のとき、あの子を〝あなたの息子〟と呼ぶわね。でも、あの子がちょっとした賢明な捜査をしたときは〝わたしの仲間〟になるのよ」

表情がやわらいだことから、イーディスが冗談を言っているのだとわかり、わたしも微笑を返した。

「彼はまたちょっとした賢明な捜査をしたかもしれませんよ——わからないけれど。わたしはいまだに五里霧中で」

「あなたもわたしも同じよ——しかも寒いわ」イーディスは言った。「わたしの部屋にいらっしゃいな。こんな隙間風の入る玄関ホールじゃなくて、もっと快適なところで待ちましょう。ジャスパーが帰ってきて、説明してくれるのを」

イーディスのベッドに二人で心地よく腰を下ろし、わたしは不気味な頭と出くわしたことを詳しく話して聞かせた。ジェスパーソンが帰ってきた物音が聞こえた。彼が階段の一番上に着いたとき、イーディスが声をかけた。

「運がなかったよ」彼は意気消沈した様子で部屋に入ってきた。「遅すぎたんだ。あいつはいなくなっていた」

「遅すぎたって、何が？　誰のこと？」

ジェスパーソンはわたしに視線を向けた。「まだわからないのかい？　ロンドンでもっとも力がある霊能者は誰だろうか？　そのうえ、邪悪な方法で力を示した奴は？」

わたしは顔をしかめた。「どうやって、という疑問はちょっと脇へ置くとして――なぜ？」

「なぜ、彼はシニョーラ・ギャロにあんな意地悪ないたずらをしたのか？」ジェスパーソンは言い返した。「そう、それはシニョーラの評判を落とすためだったとミス・フォックスは言っている。だが、正解ではない。彼の能力とシニョーラの能力を比べたら、彼女をどうしようもない酔っ払いに見せる必要などないはずだろう？　きみについてだが――」ジェスパーソンはわたしから目をそらして足元を見つめ、肩を落とした。「すまない。こんなことを聞きたくないだろうとはわかっているが、事実なんだ。チェイスは非常に強い関心をきみに持った。まさしくはじめて会った瞬間から。それをもっとひどい表現で呼ぶ者もいるかもしれない。きみはそんな関心を引き起こすようなことを何もしなかった――誰もそんなことを想像するまい！――だが、それはきみへの危険な強い興味なんだ」

心の中に湧き上がってきた怒りを抑えようと、わたしは深く息を吸った。ジェスパーソンに腹を立てる理由はないとわかっていた。たとえ彼の意見に同意できなくても。それにわたしは賛成できないわけでもなかった――完全に反対だったのではない。とはいえ、不可解にも自分がチェイスを魅了したと知ることと、そんなわけで彼に悩まされているのだと考えることとは相当な開きがあった。「彼がわたしに興味を持っていることには気づいているし、不快に思ってるわ」静かに言った。「でも、あの霊の出現は……もし、あれがチェイスの仕業だとしたら、目的は何？　あれは意図的なものでなかったのかも？　もし、彼がわたしの夢を見て、実体を伴わないなんらかの方法で接触したのなら……みんなと同じように、あなただって認めないわけにはいかないでしょう。どんな霊能者も自分が交信している霊を支配していることを――」

「これは霊と関係ないんだ！」ジェスパーソンはわたしよりさらに激しい怒りに駆られているようだった。「頼むから、自分で信じてもいない定説に逃げ込まないでくれ。あいつはわざとこんなことをしたんだ。きみを怖がらせるため――怯えて家から逃げ出させて、待ち受けているあいつの腕の中に飛び込ませるために。もし、そんなふうに考えたくないなら――」

出し抜けにイーディスが議論に入ってきたのは幸いだっただろう。さもなければ、わたしは自制心をかなぐり捨てた答えを返していただろうから。「でもねえ、ジャスパー、彼は待っていなかったんでしょう」彼女は穏やかに言った。「あなたが見てわかったように――誰もいなかったのよね――腕を広げていようといまいと」

「違うよ、お母さん。ぼくが外へ行くまでにあいつは立ち去っていたんだ――もちろん、逃げたはずだ」ジェスパーソンはいらだたしそうに言った。「あいつはこの家を見張っていた。悟ったに違いないよ。ぼくのランプの明かりか、カーテンに映った影を見たとき、二回目も自分の狙いが失敗したと」

「彼がいなかったのは、そもそもそこにいなかったからよ」わたしはぴしゃりと言った。「あなたの推測ははずれね。わたしが外に助けを求めに駆け出すなんて、予想する人はいない。寝間着姿でよ？家の中にはほかの人もいるのに？　そんなの筋が通らない」

「筋が通らない」ジェスパーソンはわたしを奇妙な目つきで見ながら繰り返した。「きみの言うとおりだ――きみは決して分別のない行動をとらない人だ。昨夜まではそうだった。間一髪でぼくが止めなければ、裸足で通りに駆け出していっただろう。そして今夜、またしてもそうなったかもしれない。もしもきみに先見の明がなくて、眠る前に扉を施錠して鍵を引き抜いていなかったとしたらな。そのとおりなのはわかっているはずだ。あんな分別のない行動をとろうとした理由を説明してくれないか?」

わたしは首を横に振った。自分でも困惑していた。「驚いたとき、人は愚にもつかないことをするものよ。でも、それは予測できないでしょう」

「彼はきみの行動を予測できた。そのように暗示をかけたのだからな」

「暗示をかけた?」いきなり、ジェスパーソンの言葉に含まれた意味が理解できた。この話題について前に議論しことと結びつけたのだ。クリーヴィーが眠ったまま歩いていく目的地は、「暗示」の結果だった。大声をあげた。「あなたは催眠術のことばかり考えているのね。そんなの、ばかげた考えよ」

「そうかもしれない。だが、なぜ、ぼくのばかげた考えにそんなに腹を立てるんだ?」

そのとき、自分が感じているのは怒りではなくて恐怖――そして嫌悪――だとわかった。見知らぬ人間にひそかに制御されているという考えに対してだ。もし、自分を助けてくれると一番信じられる人間から逃げるという不合理な行動を誰かにとらされているとしたら、ほかにどんな迷惑で有害な〝暗示〟が罠さながらに待ち受けているのだろう？　こういう考えを一つも口に出さなかったけれど、宣言するように一言だけ言った。口に出せば、それが本当になるとでもいうように。「わたしは催眠術になんかかけられていない」

「別に恥ずかしいことではないよ――誰でも催眠術にかかるかもしれないんだ。とにかく、たいていの人間は。それにチェイスはとても悪賢くて抜け目ない……ちょっと思いついたんだが、彼のトリックが成功する方法の一つは催眠術を用いたことじゃないかな。もちろん、集団催眠はまた話が別だが――しかし、チェイスには前もって部屋にいる全員と話す機会があった。もしも手を貸してくれる共犯者がいれば――おそらくキャビネットに隠されていたのだろうが――そしてぼくたちはみな、この共犯者が現れたときに無視するようにあらかじめ心の準備をさせられていたのだろう。共犯者は目に見えないのも同様だ。だから、共犯者が持ち上げたり演奏したりした物は、それ自身で動いているように見えたのだろう。ぼくは催眠術師がそのようなことをやったのを見たことがある――当然、彼らは催眠術をかける対象を選べる。それに対してチェイスは――」

わたしはかき集められるだけの威厳を持って立ち上がると、部屋着をさらにきつく体に巻きつけ、この議論は終わりだときっぱりと言った。「わたしはベッドへ行きます。明日、もっとこのことを話しましょう。わたしたちみんながもっと頭がはっきりしているときに」

第十九章　ガウアー街での日曜日

翌朝、イーディスはいつものように朝食後に教会へ出かけ、残ったわたしたちは居間の暖炉のそばで静かに本や新聞を読んでいた。

昨夜の出来事はまるっきり話題にされず、ジェスパーソンがいかにも紳士らしく、わたしがその話をする気になるまで放っておこうと決めているらしいことがうかがわれた。

もちろん、そのこと以外、わたしは何も考えられなかった。

相棒が昨日の新聞を読んでいる間、『生者の幻影』にざっと目を通したが、自分と離れたところにある別の部屋に霊を呼び出せる能力を披露したかもしれない霊能者についての言及がないかと調べても収穫はなかった。あの部屋そのものが霊に取りつかれているという考えを捨てたのは性急すぎただろうかと思った。それとも、この世のどこかにいる、年老いて忘れられた親戚が死の床に横たわり、わたしのことを考えているとか？　いいえ、それはもっともありそうにない解釈だ。わたしがチェイスの催眠術にかかっていたというジェスパーソンの考えの代わりになるものを必死で探していたけれど、信じられそうな推測には限りがあった。

「ははあ！」

目を上げると、ジェスパーソンは新聞記事の一つに目を凝らしていた。「また宝石泥棒だ。だが、こんなことが書かれている……これは別の事件なのか？　それとも、すべては一連の事件なのだろうか？　しかし、つながりがあるなら、なぜ、前にはこのことが書かれていなかったんだ？」

「独り言なの？」

「ああ！　失礼」ジェスパーソンは咳払いし、読んだばかりの箇所を説明した。「セント・ジョンズ・ウッドの未亡人であるミセス・ダヴェンポートは金曜の朝にダイヤモンドのネックレスが紛失したことを発見した。それは金銭的のみならず、感傷的な面でも非常に貴重なものだった。というのも、亡き夫からの婚約の贈り物だったからだ。夫が亡くなって以来、彼女が人前に出ることは稀だったため、そのネックレスをつける機会はあまりなかった。ましてや、そのようなネックレスの披露を求められる催しに出ることなど皆無だった。

「木曜日にベッドに入ったとき、夫人はネックレスが無事だと知っていた。メイドに手伝ってもらってネックレスを外したあと、夫人自身がそれを箱に入れ、化粧台の引き出しにしまったからだ。いつものように、ミセス・ダヴェンポートは引き出しに鍵を掛け、炉棚に置いた時計の下に鍵を隠した」

「どんな泥棒でも見つけそうな場所ね」

「メイドは鍵の隠し場所を知っていたし、暖炉の埃を払ったり火格子を掃除して火をおこしたりする役目の〝仲働き〟も知っていた」

「警察は内部の者の犯行だと考えているの?」宝石の盗難があったほかの家では使用人に疑いがかけられたが、犯行を証明するものは一切見つからなかった。

ジェスパーソンはうなずいた。「外から誰かが侵入した形跡はなかったし、盗みは夫人が眠っていた間の夜か、金曜の朝に行なわれたはずだ。宝石の紛失を彼女が知ったのは朝の七時ごろだった」

「彼女は宝石を身に着けた翌朝、必ず調べていたの?」

彼は微笑し、首を横に振った。「急に気まぐれな感情に駆られて、ネックレスを手に取ろうと思ったんだ」

「ありそうにない話ね」

「木曜の夜に夫人がダイヤモンドを身に着けた理由を知ったら、そうは思わないだろう……彼女はその夜、外出もしなかったのに」

「亡き夫との婚約記念日だったのでしょう。夫に敬意を表してつけたのよ」冴えた推測だと思ったが、ジェスパーソンは頭を振った。

「違う。彼女はその日の午後、家を訪れた客のためにネックレスをつけたんだ。記事によれば、宝石を通じて死者の魂と交信できる力を持った、外国人の女性のために。彼女はダイヤモンドのネックレスを持っただけで、亡きミスター・ダヴェンポートから、まだ嘆き悲しんでいる未亡人への感動的で待ち望まれた言葉を伝えることができたそうだ」

　わたしは吐き気を覚え、心が沈んだ。

「その後」ジェスパーソンは続けた。「ミセス・ダヴェンポートはダイヤモンドを外すのが耐えがたくて、一日じゅうつけていた。それが首に触れているのを感じると、亡き夫のそばにい続けられるような気がしたんだ。翌朝、彼女はまたネックレスに触れたくてたまらなくなった。しかし……」

彼はやれやれとばかりに両手を上げて見せた。

「警察はシニョーラ・ギャロを疑っているの？」

「ミセス・ダヴェンポートは、シニョーラが帰ったあと何時間もダイヤモンドを身に着けていたとはっきり言っている」

「でも、あなたはシニョーラ・ギャロの仕業だと思っているのね」

　ジェスパーソンは首を横に振った。「もしも彼女がその日の遅くか翌朝にそこの家へ戻ったならば……彼女には鍵など必要ない。ぼくたちもこの目で見たが、シニョーラ・ギャロの能力にとって物質的な壁など障害にならない。きみがコートの下の上着に留めていたブローチ、内ポケットに隠してあった懐中時計や葉巻入れ……そういった物は非物質化され、ふたたび彼女の手の中で物質になったように見えた。彼女の限界は何だろう？　家の堅固な壁越しにでもネックレスを引っ張り出せたのだろうか？」

「ああ、わたしたちはどうすればいいの？」わたしは大声をあげた。

ジェスパーソンは驚きの表情でわたしを見ると、頭をかいた。「いや……何もしないよ。なくなったダイヤモンドを見つけてくれと、誰かに依頼されたわけでもないからな。これはぼくたちの事件ではない」

「でも、彼女はネックレスを返さなければならないわ。盗むのをやめさせなくては。道徳心なんか、彼女はカササギ並みに持ち合わせていないでしょう。あなただって気づいたはずよ……もし、ガブリエルが止めなければ、シニョーラ・ギャロは公演中に取った物を喜んで手元に置いたままでいたでしょうね」

「だったら、きみが彼女に話すべきだな――つまり、ミス・フォックスに。ぼくたちの疑念にいくらかでも真実が含まれていたら、それを見つける最適の立場にいるのが彼女なんだ。これはただの疑念にすぎないよ」

「わたしがミス・フォックスと話すわよ」そう言った。とはいえ、疑いの気持ちが忍び込んできた。ガブリエルは泥棒ではないが、彼女の道徳心は不安定で、相応な理由があれば詐欺を正当化することも厭わなかった。そして一番の理由とは、彼女自身の幸せなのだ。自分が応援している人間の犯罪を、ガブリエルが見て見ぬふりをすることがあるだろうか？　誰からも疑われないと信じていれば、ダイヤモンドを自分のものにすることはどうにも抗いがたい誘惑かもしれない。

夕食（ハムとリークのパイにキャベツを付け合わせ、人参と玉ねぎのチャツネを添えたもの。食後のデザートはリンゴのタルト）をとってから間もなく、玄関扉にノックの音がした。訪ねてきたのはベニントン卿の使用人の少年で、ミセス・チェイスからわたし宛の手紙を携えていた。

「返事を待つようにと言われています」少年はわたしに言った。

まだ開けていない封書を持ったまま、わたしは唇を噛んでいた。フランス語で適切な返事を書くのにどれくらいかかるかと考えていたのだ。わたしの考えを顔から読み取ったかのように、少年は急いでつけ加えた。「何も書かなくていいそうです。ぼくに時間を告げてくれるだけでいいからと、あのおじさんが言いました。今日なのか明日なのかと」

〝おじさんが言いました〟って？　わたしは宛名が書かれた封書の表をまた見た。これは彼女の筆跡だと思ったのに……この少年の言い間違い？　それとも、この女性がわたしに向けて書いたり言ったりしたものはすべて夫からの指示によることを思い出させる（まるで、わたしがそんなものを必要とするみたいに）ためなの？

「それでも、読んで返事を考えなくては」わたしは少年に言った。「寒いから、中へ入って待ったらどう？」

玄関ホールでの声が聞こえたらしく、イーディスが顔を出して少年を台所へ招き入れた。「ストーブのそばで暖まりなさいな」彼女は少年に言った。「お茶を飲んで……それに、おいしいリンゴのタルトがちょっとありますよ」

わたしは居間に戻ってジェスパーソンに手紙のことを説明し、読んでみた。ガウアー街への招待に対する返事だった。残念ながら夫が同行できないため、今週はずっとどこにも行くことができないのだと、ナデジダ・チェイスは知らせてきた。ミスター・チェイスはロンドンの舞台デビューの準備に忙殺されるという。〈アルハンブラ〉での一回の公演まであと一週間もないので、彼は舞台のセットのもっとも細かい事柄まであらゆる面を指揮しなければならないというのだった。

〈アルハンブラ〉。わたしは一呼吸置き、レスター・スクエアに君臨する巨大な劇場を心の中で思い浮かべた。そうなれば、シニョーラ・ギャロのロンドンでのデビューなど、これっぽっちも日が当たらないところへ追いやられるだろう。

とにかく、チェイスの企画はあの大きなホールをぎっしり満員にするに違いない。ベニントン卿の支援を得て、選ばれた少数の人々だけに一夜限りの先行公演を行なったのは、どの客を招くかという選択と同様に巧妙なことだった。たちまち噂が広まった。すでにアメリカ人の霊能者は街の話題だったのだ。新聞に通知が出て、ベルグレイヴ・スクエアでの交霊会に出ていた誰かを知っているという人々の興奮した噂話が広まっているだけでなく、乗合馬車の横腹や公共のさまざまな場所の掲示板にも広告が貼ってあった……それに比べて、シニョーラ・ギャロを宣伝するための数少ない貧弱な手書きの広告はなんとお粗末だろう。

ミセス・チェイスは孤独で寂しい彼女の身の上を哀れと思ってほしいと懇願していた。わたしとの間に共感の絆を覚え、通訳がいなくても申し分なくうまくやり取りできると思っていたようだ——夫が不在のほうが、わたしたちの友情がもっと花開くだろうとさえ言っていた。女性同士でしか話せない内容もあります（わたしが同意してくれるに違いないと彼女は言った）……彼女が夫に聞かれたくない話……手紙に書くことはできないが、ぜひ話さなければならないことがあります、と。

どれくらい早く訪ねてきてくれますか？　今日の午後というのはあまりにも厚かましいでしょうか？　夫が出かけているときはすることがなくて時間を持て余してしまうのだと、ミセス・チェイスは言っていた。あなたはさぞお忙しいのでしょうね。明日はいかが？　迎えの馬車を差し向けます、と。手紙の終わりまで読むと、わたしは身震いせずにいられなかった。

「彼女はかなり切羽詰まっているようね」わたしは言った。

「切羽詰まっているのは彼だろう。不思議でもないが」ジェスパーソンはすかさず答えた。「あいつは今ごろまでにはきみを手に入れるはずだったが、計画が失敗した。別の機会が欲しいから、夫人をおとりにしたんだ……ユダの山羊作戦だな」

わたしは美しい操り人形という小さなミセス・チェイスを思い浮かべた。夫が引く糸に従って手足がピクピク動いたり、口が開いたり閉まったりする姿を。彼は夫人にこの手紙を書かせたのだろうか？　わたしの疑念を感じ取り、自分は〈アルハンブラ〉の舞台裏にずっといるから、ベルグレイヴ・スクエアの妻のもとを訪れても大丈夫だと思わせたかったのか。

それにしても……もしも本当に夫人には打ち明けるべき秘密があるとしたらどうだろう？　彼女がわたしの助けを必要としていたら？

すぐさまミセス・チェイスのところへ一緒に行かないかとジェスパーソンに提案したけれど、彼は乗り気でなかった。窓のほうを向き、氷のように冷たそうな雨を指さしたのだ。「もっと天気が良くなるのを待ちたい。それに、どうやってぼくを隠せるかについては考えていないだろう?」

彼が滑稽な表情をして見せたので、わたしは笑った。「そうね。でも、わたしたちが連れ立って現れたら、あなたを中に入れないわけにはいかないでしょう。もし、本当にチェイスがいなかったら、あなたは何か口実を作って帰ればいいし」

「まあ、明日かな」

台所へ戻ると、手紙を届けてくれた少年は指から砂糖を舐め取っていて、ここへ着いたときよりも幸せそうな顔をしていた。少年はわたしを見るなり立ち上がった。明日の朝に訪問できるようにしたいと、ミセス・チェイスに伝えてくれとわたしは言った。「何時と決められなくて申し訳ありません、と伝えてね。でも、きっとご理解いただけるでしょう、と。わたしの仕事では、いろんな問題が持ち上がることがあって……わたしが最善を尽くすつもりだと夫人に伝えてちょうだい。もし、月曜日に間に合わなければ、必ず火曜にはおうかがいすると。何かに書いたほうがいい?」

少年は首を横に振った。「覚えておきます。おじさんに全部言うよ」

わたしは眉を寄せた。「伝言はミセス・チェイスへのものよ。彼女の夫へのものじゃないの」

「わかってます。けど、夫人は英語を話さないんだ。夫人にはわからないよ。ぼくがおじさんに話して、おじさんが夫人に話すまでは――わかるでしょう?」

わかりすぎるほどわかった――そして、またしても考えた。直接、ミセス・チェイスの手に渡すように手紙を書いて少年に預けたほうがいいかと——けれども、遅すぎた。少年はもう玄関ホールにいて、すぐにも帰ろうとしていたのだ。

第二十章　電話

その晩、わたしの眠りを混乱させたのは自分自身の不安な気持ちだけだった。胸がどきどきして何度となく目が覚め、望まぬ訪問者が戻ってきはしないかと恐れていたが、妙なものは何も見えなかった。

翌朝、バターと玉ねぎとチーズ入りのスクランブルド・エッグという思いがけなく贅沢な朝食(イーディスの教会での友人の一人が生みたて卵と、田舎の農場からのバター一包みをくれたのだった)をとりながら、ジェスパーソンとわたしはその日の計画を巡って議論し始めた。わたしは二人でべルグレイヴ・スクエアに行くべきだと思った。ジェスパーソンはしきりに訪問を思いとどまらせようとし、最近の催眠術の研究書を読むほうがきみにとって有益な時間の使い方だと言った。

「または、かまわなければ、ぼくがきみに催眠術をかけてもいい……いやなのか？　きみをいくらか守る役に立つかもしれないんだが？　まあ、好きにしたまえ。これは間違いないが、チェイスは一度きみに催眠術をかけたものの、目的を達成できなかったから、また試みるはずだ。何としても彼を避けるべきだよ。きみがミセス・チェイスのところへそんなに行きたがるのは、彼の術がまだいくらか効いているということだろう」

にらみつけてやったが、ジェスパーソンは平然とした顔でトーストにまたバターをひとかけら塗りつけた。「わたしが会いたいのはミスター・チェイスではなくて、彼の妻よ。とにかく、もしも彼がそんなに危険な存在なら、夫人がわたしたちの助けを必要としているかどうか確かめるべきじゃない？　わたしに話したい重要なことがあると、彼女ははっきり言っているのだし……」

「彼が口述筆記した手紙の中でかい？　きみが自分で話してくれたじゃないか。彼らは夢中で愛し合っている夫婦だと」

わたしはその言葉を無視することにした。「あなたが一緒にいてくれればいいのよ。たとえ本当にチェイスが巣の上にいる大きな蜘蛛みたいにわたしを待っているとしても、あなたが隣にいてくれたら、大丈夫よ」

「ぼくへのきみの信頼ぶりときたら、感動的なほどだな」ジェスパーソンは微笑しながら言った。「もちろん、ぼくは最善を尽くすが……当然、ぼくは自分の能力に足りないところがあると認めたくない。きみは催眠術に関する本をもっと読むべきだよ。理解できるように。一度、催眠術にかけられた対象者は催眠術師に対していっそう弱くなる――最初に催眠術をかける場合は時間も努力もかなり必要かもしれないが、二度目のときは、ある特別の言葉を言うだけで、相手をまた自分の虜にさせることができるんだ」

わたしは皿に目を落とした。料理はまだ残っていたが、食欲は失せていた。自分がチェイスの影響下にあると考えたくはなかった――いや、どんな人の影響でもお断りだ。

「この訪問をもう少し延ばそうと提案しているだけだ――できるだけぼくたちが武器を身につけられるように」ジェスパーソンは優しく言った。「お茶をもっと飲むかい？」


一時間ほど経ったあと、「催眠暗示における一つの実験」という題名の退屈な論文をわたしが苦労して読み進めていたとき、電報が届いた。

ミスター・クリーヴィーの雑用係の少年が届けてくれた。つい十分ほど前、雇い主のところに短い謎めいた電話がかかってきたと知らせるものだった。

「やっと来たか！」ジェスパーソンは外套と帽子を引っつかみ、いらだたしげな表情でわたしを振り返った。「さあ、早く。急いで！　無駄にする時間はない！　それとも、ここにいるつもりか？」

わたしはあっけに取られて彼を見た。「どこへ行くの？」

「電話交換局だよ！」そう言うなり、彼は外へ出ていった。まだわけがわからないまま、わたしはコートをつかむと、小走りであとを追った。

「さっぱりわからないのだけど……ミセス・クリーヴィーと話すつもりなの？」ジェスパーソンに追いつくや、わたしは息を切らしながら尋ねた。

「なぜ、そんなことをするんだ？　ライム・ストリートの交換局へ行きたいんだよ。ほら――あの馬車だ――」ジェスパーソンはわたしの腕をつかんで急き立て、近づいてくる乗合馬車へ走った。

どうにか馬車に乗り込むと、彼は言った。「無駄足を踏むことになるかもしれない。だが、とにかく早く向こうに着けば、交換手の一人が〈クリーヴィー転居サービス〉に最近、電話をつないだことを覚えているかもしれない――または、その電話がどこからかかってきたかを」

興奮に駆られてここまで彼についてきたものの、わたしはがっかりしてしまった。「この街に電話をかけられる公衆電話ボックスがどれくらいあるか考えてみて。もしも悪党が――それが誰であれ――鉄道の大きな駅から、あるいはティーショップからかけてきたら、わたしたちにとって何の役に立つというの？」

「いつも最悪のことを想定するのはやめたまえ」ジェスパーソンは言い、笑顔でわたしを見下ろした。「どこに手掛かりが転がっているかわからないんだ。電話がいつかかってきたかはわかっている。どこからかかったか突き止められれば、目撃者を見つけられるかもしれない。誰かが犯人を見ていて、人相を伝えられることもあり得る」

ジェスパーソンは藁をもつかむ思いなのだろう。わたしは新しい見事な電話ボックスを備えたABCカフェのことを考えた。一日の今ごろ、そこがどんなに混んでいるだろうかと。カフェで働いている女性たちは電話をかけに入って、かけ終ったらすばやく出ていった男のことなど気づきもしなかっただろう。それに、どこかのテーブルで犯人を目撃したかもしれない人間については――ずっと前にいなくなったに違いない。こんな方法では、探している男を見つけられない。無意味な行動だ――ジェスパーソンが言ったように無駄足を踏むだけでなく、家から出るために彼が飛びついた口実だったのだ。家で退屈しているよりも、一日じゅうロンドンを走り回って、捜査の真似事をしているほうがいいのだろう。

「これがとても見込みの低い賭けに思われる――実際にそうだろう――ことはぼくもわかっている。だからと言って、時間の無駄にはならない」彼は言った。またしても易々と考えを読まれ、わたしは動揺した。「この事件では非常に手掛かりが少ないから、わずかなひとかけらの手掛かりすら、拾わずに見逃す余裕などないんだ。拡大鏡でそいつを調べ、出てきそうな情報の小さな一滴さえ搾り取らねばならない」

言いながらその仕草をやってみせるジェスパーソンを見て、わたしは微笑し、同意した。もしかしたら、彼がこんなふうに遠出した理由はほかにもあったのかもしれないと思いながら。忙しくさせられているかぎり、わたしはベルグレイヴ・スクエアを訪ねるというミセス・チェイスの招待を受けられないことになるのだ。

電話交換局はやや離れたところからもすぐにそれとわかった。巨大で幾何学的な蜘蛛の巣さながら屋根に張り巡らされた、人目を引く電線のせいだ。急いでいたにもかかわらず、現代の技術に魅せられているジェスパーソンは感心して立ち止まり、頭をそらしてうっとりと何分か電線を見つめてからようやく建物に入った。

ジェスパーソンに先見の明があり、ミスター・ジェスパーソンとミス・レーンは自分の依頼のもとで行動しているので、協力をお願いしますというアーサー・クリーヴィーからの手紙を携えてきたのは幸運だった。それがなければ、玄関から中へ入ることも許されなかったに違いない。

英国電話会社の加入者の手紙を持っていたとはいえ、ミスター・ブリスという青白い顔の気難しい局長が顔をしかめて二度読んだ様子からすると、わたしたちのやり方はあまりうまくいきそうになかった。

ミスター・ブリスは鼻眼鏡を外しながら、不快そうな顔で手紙をジェスパーソンに返した。

「うちの若い女性交換手たちの仕事を邪魔したり、詮索したりさせるわけにはいきません」ミスター・ブリスは言った。「一般の人たちは――あなたがたは加入者ではないのですよね？――電話機の操作や交換手の活動についてなんともおかしな考えを持っていることが多いのです。うちの優秀な女性たちがやっている仕事は電話をつなぐことと――適切な時間になったら――電話を切ることだけですよ。彼女たちは決して、絶対に聞いたりなど――」

「まさか、そんなことは」ジェスパーソンは小声で言った。「ご安心ください、ミスター・ブリス、ぼくはどんな会話にせよ、その内容について、おたくの交換手に尋ねようなどとは夢にも思っていません。我々が知りたいのは、ただ――つまり、ミスター・クリーヴィーがもっとも知りたがっておられるのは――どこから電話が来たのかということだけです」

わたしたちの視線は磁石に吸い寄せられるように、ミスター・ブリスの事務所の奥の壁に掛かった大きな鉄道時計に引きつけられた。短針と長針はちょうど十二の数字の上で手を合わせるようにぴたりと重なったところだった――例の電話があってから一時間は経っていた。

「おたくの交換手たちがとても忙しいことはわかっています。多くの接続の中からたった一つのものを覚えていられるはずないくらい忙しいでしょうが、これはほんの一時間前のことだし、とても重要なのです。理由をお話しする自由はぼくにはありませんが、交換手たちが覚えていないか、尋ねる機会を与えていただけませんか」

ミスター・ブリスはため息をつきながら、しぶしぶ短くうなずいた。「ほかの状況であれば、こんな混乱をもたらすようなことを認めるわけにはいきませんが、たまたま今、午前のシフトが終わったところです。勤務中だった交換手は全員、食事をとるためにすぐに出てくるでしょう。まずわたしが彼女たちに質問します。もしも誰かが特に重要なこの電話のことを覚えていたら、仮に彼女があなたがたと話すために休憩時間を割くことに同意したら――お好きなように質問してもよろしいでしょう」

ミスター・ブリスがまだ話している間に二重になった扉がさっと開き、若い女性たちが二人、三人と連れ立って出てきた。スカートを翻らせ、笑ったりにぎやかに話したりしながら。見知らぬ二人を従えて待ち構えていた局長を目にしたとたん、彼女たちは話をやめ、立ち止まった。

「みなさん」ミスター・ブリスは言った。張り上げた声が少しきしんだ。「みなさん、何も心配することはありませんし、必要以上に引き止めるつもりはありません。しかし、一人ずつ、わたしとちょっと話をしてから食事に行ってください。一度に一人です。ほかのみなさんは静かに待っていてください」

彼女たちはやや不満そうだった――こんな予想外の足留めがなくても、軽く何か食べて急いで仕事に戻るのは慌ただしいものだろうとわたしは想像した――けれども、誰も抗議しなかった。彼女たちは好奇の視線をわたしたちに投げた――大胆に見つめる者もいれば、おずおずと見る者もいた。

ジェスパーソンは若い女性の集団を興味深そうに見つめていたが――同じような興味の色を浮かべた目で見返してきた者もいた――わたしはミスター・ブリスから目を離さなかった。でも、彼の声はあまりにも低くて聞こえなかったし、残念ながら、まだジェスパーソンから読唇術の初歩さえわたしは教わっていなかったのだ。でも、一人一人が首を横に振る仕草から、話の内容は容易に推測できた――フランス風に肩をすくめて見せた女性さえいた。五人目の若い女性まで来ると、状況が変わった。彼女だけは頭を振らず、賢そうで好奇心をたたえた目でわたしのほうを見たのだ。

「残りのみなさんは行ってもよろしい」ミスター・ブリスはふたたび声を張り上げて言い、女性たちはくすくす笑いながら一斉に去っていった。

「こちらはミス・ファウラーです」彼はわたしたちに言った。「うちの従業員の中に最高とは言えない者がいると思われる危険がないなら、彼女を最高の電話交換手と呼んで差し支えないでしょう。ミス・ファウラー、こちらはミスター・ジェスパーソンと、あー……この方たちは我が社の加入者の一人のために働いていらっしゃるのだ。できるだけ質問に答えて差し上げなさい」

「ミス・レーンです」わたしは言い、手袋をはめた彼女の手を握った。

局長は不機嫌そうに軽く咳をした。「ミス・ファウラーが休憩中だということをどうかお忘れなく。うちの若いご婦人たちは重労働をしていて、定期的な食事をとることで力を保つようにしなければなりません。ミス・ファウラー、時間までに仕事に戻らなければ、賃金を減らすよ」

そう言って彼は事務室へ戻り、扉を閉めた。わたしたちは天井が高くて薄ら寒い玄関ホールに残された。

ジェスパーソンはすぐさま用件に取り掛かった。「今朝、〈クリーヴィー転居サービス〉への電話をつないだことを覚えていますか？　一時間くらい前ですが」

「はい」

「かけてきた人間を覚えていますか？」

どうやらイエスと言いかけて、はっとしたらしく、彼女は取り澄ました口調で答えた。「交換手は電話の盗み聞きなど許されません」

「いや、もちろんそうだろう。ただ、ぼくは思ったんだ。おたくの加入者の誰が、ほかの加入者にかけたのかをきみが覚えていないかとね――もっとも、公衆電話ボックスからかかったものなら、話は別だが――数が多いから、どこから来たかを覚えているなんてとても無理だろうね」

ミス・ファウラーは満足そうな微笑を軽く浮かべずにはいられなかった。「あら、それは公衆電話からかかったものじゃありませんでしたよ。クリーヴィー様のところは大成功なさっていても、小さな会社ですから、わたしの知るかぎりそんなに電話は来ません——加入者じゃない人からかかってくるのが普通です。だから、わたしどもの加入者の一人、もっとも著名な加入者の一人と言っていいでしょうけれど——がその会社と交渉を始めるのは大変な後押しになるに違いないでしょうね。当然ですけれど、わたしはそれが珍しいことだと思ったんです」彼女は話をやめ、眉をひそめた。「でも、わけがわかりません。どうしてクリーヴィー様はそんなことを尋ねる必要があるのですか？わたしは電話をつないで——クリーヴィー様が出たのに——」

「電話線が故障していたんだ。きみのせいではないよ」ジェスパーソンはすかさず出まかせを言った。「雑用係の少年が……いや、そんなことは気にしなくていい。今朝の十一時に誰から電話があったか、ミスター・クリーヴィーがぜひとも知りたがっているのは当然だと言えば、充分だろう。折り返しかけられるようにね。きみはとても親切な人だろうから、この著名な加入者の名前を教えてくれないかな……？」

ミス・ファウラーは疑わしげなまなざしでジェスパーソンをじっと見た。「普通は、加入者の方がご不満とかご質問があるなら、交換手に直接お話になるものです」彼女の視線はジェスパーソンがまだ握っていた、ミスター・クリーヴィーからの手紙へと移った。それで安心していいと思ったらしい。この人たちを信用してもいいと判断したようで、彼女は情報を与えてくれたのだ。

「あの電話はベルグレイヴ・スクエアにあるベニントン卿のお屋敷からのものでした」

第二十一章　蜘蛛を追う

「すべての裏にチェイスがいる。彼は巣の真ん中にいる蜘蛛なんだ」

電話交換局をあとにしてから大股で歩いていく友人に遅れまいとして、わたしは急ぎ足で歩いていた。わたしたちの意見は一致した。ベニントン卿や彼の子どもたち、または屋敷の使用人の誰も、アーサー・クリーヴィーを支配している主人である催眠術師だとは考えられない、と。つまり、容疑者として可能性があるのはたった一人だ。とはいえ、〝すべて〟とはどういう意味かとわたしはジェスパーソンに尋ねずにはいられなかった。

「きみを悩ませる幽霊。クリーヴィーの夢遊病。失踪した霊能者たち――さらに、おそらくは宝石の盗難事件だ――まあ、盗難事件はもっと何かわかるまで脇へ置こう。馬車に乗っていてリボーを拾ったのはチェイスだったんだ。それにド・ボーヴォワール姉妹がチェイスに紹介されたのは、彼女たちがリボーに会ったのと同じ夜だったことを思い出してくれ。そのあとに彼女たちを誘惑したか誘拐したのはチェイスだったんだ」

「ミス・ジェソップは？」

わたしがついていくのに苦労していると気づき、ジェスパーソンは足取りを緩めて腕を差し出した。「天使に連れていかれるという彼女の幻想を覚えているかい？」

「覚えているわよ」

「彼女は長身で力が強くてハンサムな男の腕の中にいる自分を見た。情熱的な恋人と間もなく出会うと想像するには分別がありすぎたミス・ジェソップは、美形で優しい誘拐者を天使と思うしかなかったんだ。自分を天国へ運び去ってくれる天使だと」

「でも、実際は、C・C・チェイスに支配されていたアーサー・クリーヴィーの仕業だったのね」

「そのとおり」

「でも、どうして？」

「どうやらチェイスは霊能者の収集をしているらしい」

〝収集〟という言葉に、わたしは子どものころに蝶を収集する喜びを知ったときのことを思い出した。蝶を追って補虫網で捕まえ、ぱたぱたと羽ばたく小さな生き物に触れさえしたものだ。でも、蝶たちに何が起こるかを知ったとき――小さな命は美しさが保たれるように補虫瓶の中で奪われ、彼らはトレーにピンで留められてずらりと並ぶ。ガラスの向こうにいる蝶の姿はほかの収集家たちによって愛でられるのだ――わたしは蝶への喜びを一切なくした。それ以来、わたしにとって「収集」という考え方自体が、死をもたらすものという様相を帯びていた。険しい表情からすると、ジェスパーソンも似たようなことを考えていたのだろう。

けれども、彼はこう言っただけだった。「今夜、ぼくたちはクリーヴィーがぼくたちを答えに導いてくれることを願うしかないな」

〝ぼくたちは〟と彼は言った。それに〝ぼくたちを〟と。実にあっさりと。議論する必要も口論する必要もなく、話がついていた。わたしは同等の相棒としてジェスパーソンの隣にいるだろう。夢遊病者のあとを追って、そして——少しばかり幸運があれば——この最近の誘拐計画を失敗させるだけでなく、卑劣な企み全体を阻止するはずだ。

ガウアー街へ戻ると、ミセス・ジェスパーソンはどこかで忙しくしているらしく、姿が見えなかった。ジェスパーソンは部屋をうろうろ歩き回りながら、そしてわたしは煙っぽくて気難しい暖炉をなだめて暖かさが増すようにと木切れや石炭をくべながら、二人で行動計画を立てようとした。

結局、実行可能な計画を立てるには情報が少なすぎると、わたしたちは認めざるを得なかった。犠牲者になりそうな人間も、クリーヴィーの次の行き先も皆目思いつかなかったのだ。ジェスパーソンはクリーヴィーがまたベルグレイヴ・スクエアに行く可能性が高いと思っていた。そこでチェイスがさらなる指示を与えようと待つはずだ。前回、二人が会うはずだったときは巡回中の警官のせいで予定が狂ったのだろう。

理想としては、あらゆることを観察したかった。さらわれた霊能者たちがどこに閉じ込められているのかを突き止めるため、誘拐が予定どおりに行なわれるのを邪魔しないでおく。さらわれた者が全員生きていればの話だが。けれども、わたしたちは殺人というおぞましい可能性をあまりくよくよと考えなかった。シニョーラ・ギャロがカードから読んでくれたものに元気づけられるほうがよかったのだ。ミス・ジェソップがまだ生きていて、どこかはわからないが、部屋に閉じ込められているというメッセージを信じるほうがましだった。

とらわれているミス・ジェソップのことに考えが及んだとき、わたしはあることを思い出した。チェイスが悪党だとわかった今、使用人たちを住まわせるために彼が家を借りたというレディ・フローレンスの噂話が重要性を帯び始めたのだ。

ジェスパーソンは目を見開いてわたしを見つめた。「なぜ、前にその話をしてくれなかったんだ?」

「どう考えても事実のはずがなかったからよ。使用人の一団という思いつきをミセス・チェイスはばかげていると笑い飛ばした。もちろん、彼女にはメイドがいるし、使用人としてコサックがいるけれど、ほかにはいないのよ」

「昔からの友人のレディ・フローレンスよりも、チェイスの妻のほうが信用できると思っているのかい?」

頬がカッと熱くなった。あんまりだ。わたしはこの荒唐無稽な話を精いっぱい調べようとした。まさか、耳にした噂話をことごとく自分に話してくれるとは、ジェスパーソンだって思っていないでしょう？　わたしは少しこわばった口調で言った。「レディ・フローレンスは噂話が大好きだし、とてもあり得ない話に尾ひれをつけて人に伝えることを楽しんでいるの。黙っているよりはね。あなただって認めるでしょう。それがありそうにない話だと――だって、使用人がいて、ロンドンで家を借りるだけの資金があったら、夫婦がほかの家の客として暮らすことを選ぶと思う？」

「もちろん、あり得ない話だ。しかし、ぼくが思うに……きみはレディ・フローレンスを知っている。彼女は話をでっちあげるほうかい？　それとも、ちょっと聞いた噂話をただ伝えるほうかな？　もし、レディ・フローレンスのメイドが副執事から聞いた話を彼女に伝えたとしよう。その副執事は料理女から噂話を聞き、料理女は自分の兄から聞いたとする……ぼくが言いたいのは――そもそも、この別の家があるという話はどこから生まれたんだ？」

ジェスパーソンの言いたいことはわかった。「レディ・フローレンスの作り話ではないと思うの――こんな話は作らないでしょう。説明なら彼女も考えついたかもしれない――住まいを必要としている使用人の一団とか――奇妙な話に理由をつけるためにね――もし、誰かからチェイスが家を借りたという話を聞いたなら……」

ある考えがひらめき、わたしは火掻き棒を置いて暖炉から離れ、机のほうへ向かった。「すぐにレディ・フローレンスに手紙を書いて、この話をどこから聞いたのか尋ねてみる」

だが、ジェスパーソンに止められた。「今はまだいい。今夜の出来事のあとではそれが不要になるかもしれないんだ。もし、そうでないとしても、そんなことを書けば、ぼくたちに跳ね返ってきそうな証拠を残すことになる。レディ・フローレンスと二人きりのときに話すほうがいい。ぼくたちが関心を持っていることを絶対にチェイスに知られたくない」

わたしたちはさらにいくつか細かい点について話し合ったが、心構えだけしておいて、その場の流れに応じて行動しようと間もなく意見が一致した。

「それが人生というものじゃないかな？」ジェスパーソンは言った。「絶えず行き当たりばったりなんだ。とはいえ、万一に備えてはおこう。ぼくはリボルバーとステッキを持っていく。きみは動きを妨げない服を着たまえ——きみに合うかもしれない、ぼくの古い服が少しある。走るのが楽になるだけじゃなく、あまり目立たずに済むだろう——夜、少年になど目をくれる人間はいないからな」


イーディスは階段の下にしまってある箱から、わたしにまあまあ合うズボンを見つけてくれた。それと、ジェスパーソンが子どものころに彼女が何度も繕ったらしいシャツと、ブーツも。ブーツは紐で結ぶようになった、厚底で茶色のがっしりしたもので、ほとんど履いたことがなさそうに見えた——あまり履かなかったのよと、彼女は認めた。

「わたしがこの靴を買ってきた日、あの子は急にまた成長したに違いなかったわね。二週間後、これに足を押し込むことさえ難しくなったの。どうして、これまでとっておいたのかわからないわ——足が縮むことはないのにね——でも、あなたにこの靴が役立つならうれしいわ」

靴下を二枚重ねてから履けば、ブーツは足に合った。だぶだぶの灰色の厚手のセーター、何サイズか大きい古風なツイードの上着、まとめてお団子にした髪を隠すのに充分な大きさのソフト帽で、衣装は完成した。こんな服では女らしくすることなどどう考えても不可能で、わたしは自由な感覚を楽しんだ。鏡の中のいたずら小僧のような姿に声をあげて笑った。この格好では誰からも注目されないだろう。

「もっとも、わたしがどんな悪さを企んでいるのかと警官に疑われるかも」さらにじっくりと自分を点検した。「肌に汚れがなさすぎるわね」わたしは灰が入ったバケツのところへ行き、ほどなくしてイーディスが困惑して見守る中で（ジェスパーソンは微笑していた）、腕白小僧並みに汚れた姿になった。

寒くてじめじめした晩だった。クリーヴィー家の外に霧は出ていなかったが、淀んだ湿っぽい空気には霧の気配があった。わたしたちは長く退屈な待ち伏せをしていた。真夜中の鐘が鳴ったあと、ようやく夢遊病者が現れた。玄関から出てくると、目をはっきり開けているかのように迷いのない足取りで道を歩いていく。

わたしの全身を興奮が駆け巡り、熱くなっていた。相棒と視線を交わすと、彼はうなずき、わたしたちは出発した。

夢遊病者は一度も振り返らなかった――ジェスパーソンが言ったとおり、彼にはあとをつけられていることを心配する様子など少しも見られなかったのだ。わたしたちが歩いていた通りの大部分は静かで人も馬車も通らず、建物は閉まっていて暗かった。一度、辻馬車が通りかかって速度を落としたが、クリーヴィーが立ち止まることもなければ、ひとかけらの関心すら示す気配もなかったので、御者は手綱を鳴らし、馬がふたたび速度を上げて、馬車は揺れながら進んでいった。

わたしたちははじめからクリーヴィーの行き先を予測していたが、スローン・ストリートを渡ったあと、それは確信に変わった。クリーヴィーがベルグレイヴ・スクエアの奥の角に着いたとき（ベニントン卿の屋敷から一番遠いところだった）、ジェスパーソンとわたしも立ち止まった。こちらの姿を見られてはならない。もし、チェイスが外に出てきたら、気づかれる危険は冒せなかったのだ。

見守っていると、クリーヴィーはベニントン卿の屋敷へ近づいていった。玄関の扉へ通じる階段を上り、姿が見えなくなった。わたしたちがいるところからでは、誰かが扉を開けて中へ入れてくれたのか、それとも彼が自分で開けたのかはわからなかった。

長く待つ覚悟だったが、クリーヴィーはさほどの時間、中にはいなかった。わずか五分ほどで彼が出てくるのが見えた。何かを両腕に抱えている。街灯の下を通ったとき、彼がまるで子どものような男性を運んでいるのだとわかった。頭をだらりと垂らして目を閉じ、手脚からは完全に力が抜けているようだ——寝間着姿だった——寝ているところをベッドからさらわれたに違いない。男の鼻と口は布きれで覆われていたが、半分しか顔が見えなくても、誰だかわかった。ミスター・チェイスだったのだ。

夢遊病者を支配する邪悪な天才とはほど遠い姿のチェイスは、大柄な男の力強い腕に無意識状態で力なく抱えられていた。彼の一番新しい犠牲者として。

すぐにも一騒動起きるとわたしは思っていた。チェイスの妻が悲鳴をあげるとか、従者が追いかけてくるだろうと——けれども、屋敷も広場もしんとして静かなままだった。その間にもクリーヴィーは赤ん坊のようにチェイスを抱いたまま、わたしたちの前を通り過ぎていった。

わたしたちはためらう理由もないと感じて、夢遊病者の後ろについて歩いた。もし、警官に出会ったら——わたしは警官との遭遇を半ば恐れ、半ば願っていた——助けてもらえるだろうか？

運がよかったのか悪かったのか、どちらともわからないが、歩いている間に誰とも会わなかった。ベルグレービアの優雅な通りや広場は死者の街にあるのかもしれない。南へ向かっていくうちに、曲がりくねった葉のような形や塊となって霧が出てきた。地面から立ち上り、角を曲がって滑るように進み、最初は周辺にしがみつくようにしていたのが、だんだん大胆になり、嫌なにおいのする黄色の長い指でわたしたちの服をつかもうとした。

スローン・スクエアを過ぎたどこかで、男が歌っている声が聞こえたかと思うと、ほかから口笛と笑い声が聞こえて歌声がやんだ。けれども彼らの姿は見えなかったし、どれくらい近くにいるのか、あるいは遠くにいるのかを判断することはできなかった。霧のせいでわたしは混乱していた。霧が濃くなるにつれて、方向感覚を失っていった。だが、そのとき、チェルシー兵舎を通り過ぎているのがわかった。重くてくすんだ霧の帳《とばり》に覆われている道路の向こうは王立廃兵院とラニラ・ガーデンズだろう。わたしたちはテムズ川へ向かっていた。

恐怖で胸が締めつけられた。その瞬間まで、わたしは興奮と好奇心に突き動かされていた。この事件の結末を知りたくてたまらなかったのだが、小説の読者と同じように、さまざまな出来事を心から危惧してはいなかった。でも、これは物語ではない。現実なのだ。

クリーヴィーはチェイスを川へと運んでいる。そこでボートでも待っているのでないかぎり、彼の意図は一つしかない。毎日のようにテムズ川から遺体が上がっていたが、身元が決して突き止められない者もあった。そういう遺体がどうして川に来たのか、確かなことが言えるはずはあろうか？　事故か自殺――それとも殺人？

霧がいっそう暗さを増して濃くなり、わたしたちの間にさっきよりも巧妙に、しかも断固として入り込んでくると、恐怖心が高まった。

「彼を止めなくては」わたしは躍起になって小声で言った。

「ちょっと待って様子を見よう」

「見る？　でも、見えやしないじゃないの！」クリーヴィーの背中に目を凝らした。最初は近くに見えたが、霧に巻かれて突然、姿がさらに遠くなってしまった。わたしは急いであとを追った。もはや彼とぶつかるかもしれないという心配もしていなかった。そのとき、何かが落ちるのが見えた。わたしはそれを拾った――布きれだ――エーテルの嫌なにおいがして、とっさに顔をそらした。

わたしたちは土手に着いていた。霧で見えないが、川は真下にある。クリーヴィーは立ち止まった。いったい何を待っているのだろうか。もしかして、ご主人様の声？

ジェスパーソンはクリーヴィーの近くに寄り、腕に片手を置いた。「クリーヴィー」ジェスパーソンはきっぱりと言った。「アーサー・クリーヴィー。目を覚ますんだ」

夢遊病者からは何の返事もなかったが、彼の腕の中にいる男はかすかにうめき、弱々しく咳をした。

「聞いてくれ」ジェスパーソンは大きな厳しい声で言った。「目を覚まして、向きを変えるんだ。川に背を向けなさい。ここから離れろ」

クリーヴィーにジェスパーソンの声が聞こえたかどうかはわからなかったが、彼の腕の中にいる男には伝わった。また咳をして、力ない声で言ったのだ。「何だ？　そこにいるのは誰だ？　わたしはどこにいるんだ？　なんと！」

自分のいるところがわかると、チェイスはもがき始め、高い声で叫んだ。「下ろしてくれ。よくもこんなことを？　助けてくれ！　頼む、誰か助けてくれ！」

クリーヴィーはさらに腕に力を込め、広い胸に捕虜を引き寄せた。ジェスパーソンはチェイスに手を触れ、落ち着けと促した。「ぼくは助けようとしているのだが、この男は眠っているんだ――催眠術にかかっている――鍵となる言い回しが見つからない限り、彼は反応しないかもしれない」

まさにその問題をわたしはずっと考えていた。ミスター・クリーヴィーを服従させるために使われた言葉や言い回しはどんなものでもあり得る――新たに作った言葉ということもある――その場合、辞書を隅から隅まで調べても、正解にはぶつからないかもしれない。少なくとも二回、この夢遊病者は短い電話を受けたあとでベルグレイヴ・スクエアまで出かけた。交換手は電話での会話を絶対に聞いていないと反論するのがお決まりだが、彼らが盗み聞きしているだろうとは誰もが思っている。普通には使われない言葉や、ばかげた無意味な言い回しは不必要に注意を引いてしまうかもしれない。でも、たとえば、こんなことを言ったのだとしたら――

「ベルグレイヴ・スクエアに来てくれ」

わたしははっきりと声に出したらしく、ジェスパーソンもチェイスも驚いたようにこちらを見たが、夢遊病者には何の効果もおよぼさなかった。

「ここはどこですか?」チェイスは訊いた。

ジェスパーソンが答えた。「チェルシー堤防だ」

「こいつはわたしを川に投げ込む気だ」ミスター・チェイスは力なく言った。「あなたはジェスパーソンかな?」

「そうです」

「どうしてここへ?　この男はいったい誰ですか?」

「あなたは知らないというのかな?」

「こんな男には一度も会ったことがない!　だが、あなたは知っているはずだ!」

「この人は夢遊病です。ぼくたちはずっと彼のあとをつけてきて――」

「こいつがわたしを連れ出すのを見たのだろう――ベルグレイヴ・スクエアからここまであとを追ってきたのに、一度もこいつを止めようとしなかったのか?」チェイスの声は上ずり、金切り声に近くなった。

「彼は誰かの命令に従っています。ぼくには無理――」

チェイスは身震いした――怒りか恐怖のせいかもしれないが、単に寒かったからかもしれない。彼はごく薄着だったし、今夜は湿気があって寒かった。「こいつを放っておいたのか。なぜ、警察に連絡しなかったんですか？　リボルバーぐらい持っているのだろう？　少なくとも拳銃の一つは？」

ジェスパーソンは眉を寄せた。「脅しても役に立たない。彼は目覚めては――」

「こいつを脅してくれと言っているのではない――撃てと言っているんです！　ただ撃てばいい！　武器はあるのでしょう――あるはずだ――あなたは丸腰で外を歩くほどの愚か者ではあるまい」

「ぼくは罪もない人間を撃ちません」

「罪もない？　この男はわたしを殺す気だぞ！」

でも、そうなのだろうか？　時間が経つにつれて、かすかな疑念がだんだん大きくなっていった。わたしたちはどれくらいここに立っているのだろう？　まるで家具のように動かない夢遊病者とともに。もし、彼がチェイスを川に投げ込むつもりで川岸まで運んできたのなら、なぜ動かないのだろう？　何を待っているの？

「この男は誰かのゲームの駒にされている無実の人間です。殺すわけにはいきません」

「わたしの命はこいつの命より大事ではないというのか？」チェイスの顔は真っ赤だった。「あなたが撃たないなら、わたしに銃をよこしてくれ！　助けてくれ！　助けて！」ミスター・チェイスはまたもがき始め、むやみに手を動かしてクリーヴィーを殴ろうとしたが、彼との距離が近すぎた。チェイスのパンチには力がなく、足をばたつかせてもほとんど蹴りは当たらなかった。

その間、ジェスパーソンは身じろぎ一つしなかった。前にも何度かこういうところを見たことがある。彼は不思議と穏やかな気持ちになっているのだろう。彼は戦いに備えているのだ。わたしに教えてくれた、防御のための技術を用いながら。つまり、保護する相手としてわたしたちの顧客を見るのをやめて、動くうえでの障害として彼の体を見なすのだ――彼が捕虜にしている男を傷つけないように動くために。

動き始めたとき、ジェスパーソンは戦士というよりは舞踏家のようだった。大きく一歩下がり、体を回転させて横へ動いたかと思うと、左足でクリーヴィーの右脚の裏をまともに蹴った。またステップを踏み、蹴りを出す――今度は右足で相手の左脚の裏を蹴った。

大柄な男はよろめき、ふらついた。ジェスパーソンはふたたび蹴りを入れる準備をしている。その隙にチェイスが自分をとらえている男に叫んだ。「怪物め！　わたしを離すんだ、この怪物め！」

アーサー・クリーヴィーは体を揺らし、蹴られた勢いのせいで両膝をがくりと折ったが、両腕を差し上げた――チェイスを自分の肩の高さまで持ち上げたのだ――それから、ふいに彼を投げ飛ばした。川のほうへと勢いよく。

あらゆるものを覆い、まわりの世界を包んでいる霧のせいで、舗装された土手の端からわたししたちがどれくらい近くにいるのか、それとも遠いのかもわからなかった。わたしは息をのみ、なすすべもなく待ち受けていた。チェイスが柵にでもぶつかったか、固い地面に落ちたか、もしかしたら川の中に入ってしまったのかと。仮に彼が泳げたとしても、永遠に発見されないかもしれない。

見守っていると、チェイスの姿が現れた。動きがひどくゆっくりしていることにわたしは驚いた。彼は浮かんでいるみたいに見えた。驚愕の表情を浮かべていた顔は今や何かに集中するしかめ面に変わっていた。それから――あまりの驚きにわたしは胸を打たれたように感じた――彼は止まった。霧の中に浮いていたのだ。素足をだらりと垂らし、何の支えもなしに。あたかも目に見えない巨大な手で持ち上げられたかのようだった。

そして、チェイスはほほ笑んだ。その微笑には狡猾で満足そうなものがあり、目はわたしの目を探し求めていた――なんだか、わたしのためにこんな力を披露して見せたかのようだ。わたしはめまいを覚えながら考えた。

彼はどれくらいの間、宙に浮いていたのだろう？　たぶん、一秒くらいのものだ。でも、あの一秒は奇妙で、時間の感覚がなくなった、凍りついたような瞬間を与えた。それとも、あれは頭がくらくらしているせいで見えた幻覚にすぎなかったのだろうか。というのも、わたしは今にも倒れそうに感じていたからだった。

するとチェイスはこちらへ進んできて、ゆっくりと静かに地面へ降りてくると、敷石にそっと着地した。あまりにもわたしの近くだったから、ほんの二歩も前進すれば、彼にぶつかっただろう。

でも、わたしは前へ進まなかった。あとずさろうとしたが、頭の中がぐるぐると回っている。地面にぶつかる寸前にジェスパーソンが捕まえてくれた。少年のなりをしていたくせに、わたしは愚かな女の子みたいに気を失ってしまったのだ。

第二十二章　蜘蛛の巣で

意識を取り戻すと、ジェスパーソンがわたしの両手首をさすっているところだった。

動いている湿っぽい霧のカーテンを通して入ってくる、黄色がかった街灯の淡い光の中でアーサー・クリーヴィーが地面に伸びているのが見えた。胸が穏やかに上下するのと合わせて、鼻からは笛のような音のいびきが聞こえてくる。勝ち誇ったチャボよろしく彼のまわりを気取った様子で歩いているのは、ミスター・クリストファー・クレメント・チェイスだった。自分の勝利を宣言していた。

「おわかりでしょうが、わたしはそう易々と負かされませんよ。小柄で非力な男を攻撃したつもりだろうが、体は小さくても、わたしの魂は強い力を備えているのです。霊の友人たちのおかげでね」

わたしは起き上がろうとした。「何があったの？」

「きみは気絶した」ジェスパーソンが教えてくれた。

そうじゃないかと思っていたが、そんなことはあり得ないと異議を唱えた。わたしは一度も気絶したことなどなかったし、理由がないなら、なおさら……

「きみは相当なショックを受けたんだ。何が起こっているのかを目にして」

あなただって同じものを見ていたけれど気を失っていないじゃないの、と抗議したかったが、自分の弱さについて考えたくなかったから、代わりにアーサー・クリーヴィーのことを尋ねた。

「彼は自然に眠っているようだ。もし、ぼくがきみについていなくてもかまわなければ……?」

「わたしは申し分なく元気よ」それを示そうと、手を借りずに立ち上がったが、めまいがして一瞬、目を閉じずにはいられなかった。座り込みたかったけれど、立ち続けるしかない。

警官を呼んで来いとチェイスは横柄に指示した。

「それは必要ありません」

チェイスは軽く目をむいて抗議した。「わたしを殺そうとしたけだものは逮捕されるべきだ。あの男が野放しにされている限り、安心して眠れない」

「彼を恐れる必要はない。あなたの敵はほかの人間だ。催眠術をかけて命令を下すことで、彼を操っている人間です」

チェイスは鼻を鳴らした。「もっともらしい話だな! あなたに謎の催眠術使いとやらを突き止められるとは思わないが――その人間はわたしをひどく憎んでいて、わたしの死から利益を得るのかな?」小柄な男は足を踏み鳴らした。目は怒りでぎらぎらしている。「さて、誰だか言えますかな?

そいつは誰なんです？」わたしはチェイスが楽しんでいるという印象を受けた。

ジェスパーソンは興味深そうに彼を眺めていた。「その質問に答えられるのはあなただけだろう」

ぎょっとした表情からすると、チェイスはそんな答えが返ると思わなかったらしい。「どういう意味です？」

「それはあなたの身近な人間だ。まわりの人間を考えてみたまえ。夢遊病の人間を操れる人間は、ベニントン卿の屋敷で電話に近づくことができる」

チェイスは身震いすると、両腕を体に巻きつけた。「寒くてたまらない！」

「それは気の毒に――ぼくの外套を着るといい」ジェスパーソンはオーバーコートのボタンを外しながら進み出たが、相手は不機嫌に手を振って彼を退けた。

「いや、いりません。そんなものは役に立たない――長すぎる。歩きにくくなってしまう」チェイスは出し抜けにわたしのほうを向いた。「この少年だが。この子はわたしと同じくらいの体格だし、充分に着込んでいる。服を貸してくれるんじゃないかな？」霧が出ていて暗くても、彼はわたしだと気づいたのだ――わたしはそう確信した。けれども、何も言わなかった。肩をすぼめて重い上着を脱ぎ、彼に渡しただけだった。

チェイスは礼も言わずに上着を取った。「それからブーツだ。裸足では遠くまで歩けない。こんな夜だし。だが、おまえみたいな子どもなら――」

「もうたくさんだ」ジェスパーソンはわたしとチェイスの間に割り込んだ。「あなたと大の仲良しの霊たちに、家まで運んでくれと頼んだらいいだろう。ずいぶん力を自慢しているし、それを見せびらかすことには熱心なようだが、あまり役に立たないものらしいな」

チェイスは人をばかにしたように大きく鼻を鳴らした。「ほう、心霊能力について何から何までご存知というわけかな？　霊たちがわたしの命を救ってくれた——そのことをもう忘れたとでも？　彼らにわたしを家まで連れて帰ってくれと頼むわけにはいかない——もちろん、彼らにはできることだが。しかし、わたしは欲深ではないし、恩知らずでもないものでね……」

わたしはこっそり二人から離れた。チェイスを家まで運ぶというジェスパーソンの言葉で、あることを思いついたのだ。クリーヴィー——冷たくて固い地面の上にまだ伸びていた——のところへ歩いていくわたしの耳に、チェイスが意見を述べ続けている声が聞こえた。

「物のたとえを用いてやったら、あなたにも理解してもらえるかもしれない。こっちの世界でも霊の世界でも、経済というものが何にでもあるのですよ。かまどに石炭をくべたら、熱を発するが、やがて燃えてなくなるでしょう——そうしたら、かまどが燃えるように、さらに石炭をくべなければならない。もしも屈強な男が一日じゅう、石炭をすくって運んでいながら、休むことが許されなければ、やがて倒れてしまう。その男がまる十時間働いていても、二十五時間働いていないから虚弱な人間だなんて呼べますかな？」

わたしはクリーヴィーの傍らにかがんだ。子どものように平和な表情で眠っている。起こすのはなんだか気の毒に思えたけれど、家に帰る手段はほかにない。わたしは彼の肩をそっと揺すりながら名前を呼んだ。

目がまぶたの下で動いていたが、動きが止まった。息遣いが変化した。彼は目を開けた。わたしを見て目をぱちくりさせる。困惑の表情を浮かべながら、クリーヴィーは起き上がった。「わたしは眠ったまま歩いていたのですね」

「ええ」

クリーヴィーはどこにいるのかを知ろうとしてあたりを見たが、霧のせいで無理だった。「ここはどこですか?」

「チェルシー堤防です。ジェスパーソンがいます――ほかの男の人も」わたしはエネルギーの理論を説明する声がまだこちらに届いている男の名前を言わないことにし、クリーヴィーが彼を認識できるかどうかと興味を持って見守った。

クリーヴィーが近づいてくるのを目にすると、チェイスは劇的な恐怖の仕草で両手を前に突き出しながら、あとずさった。「だめだ! あっちへ行け! こいつにわたしを触らせるな!」

「あなたは申し分なく安全です」わたしは冷ややかに言った。「もう催眠状態から覚めたので、友人があなたを傷つけることはないでしょう」

「彼はおわびのしるしに、あなたを無事に家へ連れ帰ってくれるだろう」ジェスパーソンはどうにか微笑を抑えながら言った。「それは理想的な解決策じゃないですか?」

チェイスは険悪な表情でジェスパーソンを見ただけで、向きを変えて歩きだした。

「あとをつけたほうがいい。あいつが厄介ごとに巻き込まれないかどうかを見るために」ジェスパーソンが言った。

わたしは十歩も進まないうちに立ち止まらなければならなかった。体に少しも力が入らず、頭がふらふらして、また気絶するんじゃないかと思った。

ジェスパーソンはそれに気づいた。「ちょっといいですか、クリーヴィー。かまいませんか？　ミス・レーンを抱き上げてほしいのですが」

異議も唱える間もなくわたしはすくい上げられ、アーサー・クリーヴィーの太くて力強い腕の中に赤ん坊さながらに抱えられていた。

「これでよし。さて、ミス・レーン、騒がずにおとなしくしていてくれ。きみを置いて帰れと言っても無駄だぞ――このひどい霧の中に誰一人として置いていくつもりはない――それに、チェイスから目を離さずにいなければならないことに、きみだって賛成のはずだ――それからクリーヴィー、あなたも気にしませんね。そうでしょう？」

わたしを抱えている彼の頭がうなずくのが感じられた。「あなたは子ども並みに軽いですよ、お嬢さん」

「まあ、楽しみたまえ」ジェスパーソンは言った。「きみが古代の王だというふりをしたらいい。とても尊敬されているので、足を地面に着けることなど許されていない王だと」

けれども、わたしだって『金枝篇』（社会人類学者ジェームズ・フレーザーによる、未開社会の神話や信仰に関する研究書）は読んだことがあった。「たしか、そういう聖なる国王たちは崇められなくなると殺されたはずよ」

「きみが犠牲になることはないと約束するよ、ミス・レーン」

大柄で強い人に優しく安全に運ばれるのは、幼いころの原体験にかなり通じるものがあった。だから、父親の腕の中で揺られている子どもみたいにわたしが眠りに落ちてしまったのも無理はないだろう。


その晩は亡霊にも悪夢にも悩まされることはなかった。ガウアー街へ着くと、わたしはクリーヴィーがそっと下ろしてくれた長椅子からどうにか起き上がり、二階へ行ってベッドに入るのがやっとだった。

次に気がついたのは、もう朝だということだった。霧が出ている十一月のロンドンのぼんやりした弱い明かりが部屋に差し込んでいたが、目が覚めたのはそのせいではなかった。今は家の中が静かだったが、階下からの扉をバタンと閉める音や人々の声の残響をわたしは感じていた。

起き上がって顔を洗い、すばやく着替えると、階下へ行った。本当にこの家にはほかに誰もいなかった。紙の切れ端に急いで殴り書きしたようなメモがわたし宛てに置いてあった。

〈警察がJを尋問のために連れていきました。クリーヴィーは逮捕されました。Jからの伝言「チェイスには関わるな！　家で待て」——イーディス〉

メモを胸に抱き締めながら、わたしは台所へ戻って紅茶を淹れ、トーストを焼いた。パンにバター、皿やナイフやフォーク類がテーブルから片づけられていなかった。そのことはイーディスがどれほど急に出かけたかを示していた。

ジェスパーソンが尋問されたのも、アーサー・クリーヴィーが逮捕されることになったのもチェイスの仕業に違いない。わたしは相棒がどうやって警察を納得させるつもりか、いや、そもそも納得させようとするだろうかと考えた。クリーヴィーは罪のない駒にすぎず、彼を利用した悪党こそ警察が探すべきだということを。

でも、その悪党とは誰なのか？

ケトルを火にかけると、ベニントン卿の屋敷で電話を使えたのが誰だったかと考えた。ベニントン卿自身は除外した――そんな謀略を巡らす悪人として彼を想像できなかっただけでなく、客に出ていってもらいたかったら、彼にはもっと簡単に排除する方法があったに違いなかったからだ。同様に、わたしは長く働いている使用人たちも候補者に入れなかった。

となると、残るのは三つの可能性だけだ。

恐ろしげな外見のコサックがわたしの容疑者リストの一番上に来たかもしれない。見るからに危険な男だからだ。でも、彼が示している脅威の種類は催眠術師のものとまるで違う。催眠術師は身体的な暴力ではなく、心理的な力を用いているのだ。コサックが電話をかけ、電話線を介して命令をささやく姿など思い描けなかった。それに、もしコサックが主人を殺したかったなら、ほかの男を呼び出す理由などあるだろうか？　その方法を取ったところで、疑惑をコサックからそらす役には立たないだろう。なぜなら、寝間着姿のチェイスの遺体が川で見つかったら、屈強な体格の従者ほど、殺人を犯す機会があったと思われる人はほかにいないはずだから。

ミセス・チェイスは体こそ虚弱だけれど、精神的にも知的にも強い人かもしれない。それに、彼女が愛情のあるふりや病気のふりをしているなら、とても冷酷な悪党に違いないだろう。でも、動機は何？

そうすると、まだ会ったことがない、ミセス・チェイスのフランス人のメイドだけが残る――でも、もっともありそうにない。変装した催眠術師が実はメイドで、この上なく複雑ですぐには達成できない計画の機が熟すのを待っているだなんて。

わたしは温めたティーポットに紅茶をスプーンですくい入れるのをやめた。自分が何かを忘れているという感覚にしつこく悩まされながら、また事実を検討してみた。

催眠術師はベニントン卿の屋敷から電話をかけた。

明らかに男と思われる催眠術師は二年前にパリにいて、将来、自分のために役立つようにミスター・クリーヴィーを調教した。

催眠術師の命令に応えて、クリーヴィーはミス・ジェソップを誘拐した。もし、シニョーラ・ギャロのカードの読みが信用できるとしたら、ミス・ジェソップは殺されていないが、監禁されている。

催眠術師の命令に応えて、クリーヴィーはチェイスを誘拐し、川まで運んでいって投げ込もうとした。霊の介入がなければ（またはチェイス自身の心霊能力がなければ）、この霊能者は死んでいただろう。

それがわたしを悩ませている矛盾だった。もし、ほかの霊能者たちも殺されたなら、遺体はどこにあるのだろう？　もし、彼らが何らかの目的のために拉致されているなら、なぜ、チェイスは例外になるところだったのか？

催眠術に関する大きな謎は、催眠術にかけられた対象者が自分の意思に反する行動をとらされるのかどうか、また、どの程度までそんな行動をとらされるのかということだ。最近、フランスで驚くべき事件があった。それによると、恋人が殺人を犯すのを助けたことを、ある女性が認めたという。彼女は催眠術をかけられてその行動をとらされたと主張した。専門家の証言では、充分に影響を与えられた対象者は思考力を失い、催眠術師の手先にすぎなくなるとか。彼らは選択することもなければ、自由意思を持つこともない。

こういう証言にもかかわらず、その女性は有罪判決をくだされた。彼女を操っていた恋人よりも刑は軽かったが。

わたしはクリーヴィーが土手で待っていたときの様子を思い出した。彼の良心はミスター・チェイスを川へ投げ込めという催眠術の命令に抵抗していたのだろうか？　それとも、彼は別の命令、催眠術師からの合言葉を待っていたの？

クリーヴィーに投げられる前にチェイスが言った正確な言葉を思い出した。自分を離してくれと要求したとき、口にした最初の言葉を彼がとりわけ強調していたことを。〝怪物〟それまで彼はそんな言葉を使わなかった。ぎりぎりの瞬間になって大声で言ったのだ——あとほんの何秒か待っていたら、危険な目に遭わなかったかもしれない。

つまり、彼が本当に危険にさらされていたらの話だが。

ぼんやりとティーポットを見つめながら、チェイスが何か演技をしているようだと感じたことを思い出した。事前に用意した脚本の台詞を言っているかのように……ジェスパーソンに驚かされるまでだったが。チェイスはジェスパーソンがクリーヴィーのあとをつけることを知っていたのだ——たぶん、わたしの話したことからわかったのだろう——けれども、彼にも想像できなかった事柄があった。わたしが思いつかなかったせいだろう。クリーヴィーに命令を与えた電話がどこからかけられたか、突き止められるという可能性を。

チェイスを信用しなかったのは間違いではなかった。彼は犠牲者なんかじゃない。ジェスパーソンは前からチェイスに催眠術の能力があるのではと疑っていたし、わたしもそれを感じていた。チェイスはその力を使って自身の〝誘拐〟を画策したのだろうか。わたしたちを欺く目的以外、そんなことをする理由はある？

ジェスパーソンが正しかった。チェイスは信じられないほどの能力を持つ催眠術師で、わたしたちに驚くべき心霊能力が使われるところを目撃しているのだと思わせようとしていたのかもしれない。もっとも、川辺の霧の中で見えたものは、簡単には説明がつけられないのだけれども。行方不明になった霊能者たちの事件の背後にほかの誰かがいるとわたしたちに信じ込ませるため、チェイスは自分の命を危険にさらした。そして誘拐されたほかの者たちが抹殺されたと、信じさせようともしたのだ。でも、どうして？　もしもチェイスが宙に浮かぶ力を本当に持っているなら、目に見えない〝霊たちの手〟以外のものには支えられずに浮いていられるなら、なぜ、催眠術などにこだわるのだろう？　そしてほかの霊能者の誘拐を計画した動機は何なのか？　たとえチェイスが競争相手を排除しようと決意したとしても、当代最強の霊能者としての栄光にとって大きな脅威になりそうなのは、消えた霊能者の中でムッシュー・リボーだけだったに違いない。哀れなミス・ジェソップや二人の少女をチェイスが恐れるはずはないのだ。

いや、わたしには理解できなかった。朝食をとりながら思案し続けたけれど、相変わらず闇の中にいた。

郵便が配達され、そのうち二通の手紙がわたし宛てだった。一通はパリの劇場の支配人からの待ちに待った返事だ。封筒を開けるときは指が震え、息を詰めて手紙に目を通した。けれども、ああ、支配人はわたしを失望させることになって申し訳ないと書いていたのだ。問い合わせがあった催眠術師は土壇場になって別の芸人の代替出演となった人なので、詳しい記録は残っていないという。とにかく、お問い合わせの〝アルティスト（芸術家）〟は外国へ行ったはずだと——祖国のアメリカ合衆国へ帰ったものと思われる、と。

それは証拠にならなかったが、その一行だけでもわたしは充分に確信できた。クリーヴィー夫妻が新婚旅行中に舞台で見た催眠術師はチェイスだったと。クリーヴィーの無防備さを自分の邪悪な目的のために利用した悪党だったのだ。アーサー・クリーヴィーだけが犠牲者だったのだろうか。チェイスの合図を待っている犠牲者がほかにもいるのでは――彼がさらった霊能者たちは、もっと大きな犯罪計画のほんの一部ではないだろうか?

いろいろな可能性を思い巡らし、わたしはおののいた。まともな議論ができるように、ジェスパーソンに帰ってきてほしいと思った。

もう一通の手紙はミセス・チェイスからだった。これもフランス語で書かれていた。彼女はまたしてもわたしに訪ねてきてほしいと懇願している。打ち明けたい秘密があることをほのめかし、承諾してくれれば迎えの馬車を差し向けると。彼女の手紙が本当に助けを求めるものなのか、夫によって仕組まれた罠なのかはわからなかった。でも、関心をそそられたものの、受けた警告を思い出して何もしなかった。

午後になってイーディスが一人で帰ってきた。息子は逮捕されたわけではない、と彼女は話してくれた。警察の捜査を手伝っているの――もちろん、それはすでにわたしたちの捜査の一部ですからね、と。残念なことに、ミスター・クリーヴィーは牢獄から出られないのよ。ジャスパーは彼を釈放するようにと必死に警察を説得したわ。行方不明の霊能者を見つける最善の方法はクリーヴィーを釈放し、彼が夜にどこへ行くかを注意深く見張ることだと。

「それって、今や警察は霊能者たちが誘拐されていることを認めたという意味ですか？」わたしたちは台所にいた。話しながら、わたしはイーディスがスープに入れる野菜を切るのを手伝っていた。

彼女はため息をついて言った。「イエスでもあり、ノーでもあるわね。ド・ボーヴォワール姉妹が失踪したことを警察は認めさせられたのよ。それにミスター・チェイス――ロンドンでもっとも才能がある霊能者だと公に認められているから――にあんなことがあったあとでは、そう、スポークス警部補はあらゆる霊能者が危険にさらされているという、強い可能性を考えるほうに傾いているでしょうね。だからこそ今は、ミスター・クリーヴィーを釈放することが危険すぎると警部補は信じているのよ。無意識状態のときに無理やりやらされたことについて、ミスター・クリーヴィーに責めを負わせるわけにはいかないわ。でも、そんなことをやらせた悪党が誰だかわかるまで、警察は危ない橋を渡らないでしょう。犠牲者になりそうな霊能者を一人残らず守れるだけの警官はロンドンにいないし、ミスター・クリーヴィーを尾行するというジャスパーの計画は失敗だし。霧の中で彼を見失ったらどうなるか想像してみて！」

「気の毒なミスター・クリーヴィー」わたしは悲しい気持ちで言い、刻んだ玉ねぎが載ったまな板をイーディスに渡した。彼女が玉ねぎをかき集めて鍋に入れ、刻んだキャベツと人参とじゃがいもの山も入れるところを見守る。

「ジャスパーにはミスター・クリーヴィーも警察も助けられそうな思いつきがあるのよ。もし、ジャスパーがミスター・クリーヴィーに催眠術をかけられたら、彼がどこにミス・ジェソップを連れていったかがわかるかもしれないと。残念ながら、ミスター・クリーヴィーは催眠術と聞いただけで猛然と反対したの――あまりにも抵抗するものだから、ジャスパーはこれも最初に催眠術をかけた人間が彼に植えつけた考えではないかと思っているわ」イーディスは鍋をよくかき回した。

「ミスター・チェイスよ」

「え?」

「ミスター・クリーヴィーに催眠術をかけたのはチェイスだったのよ」わたしは言った。

イーディスは仰天したようだった。「あらまあ、まさかミスター・チェイスだなんて――彼は――彼はもう少しで犠牲者の一人になるところだったんですよ」

わたしは自分の推理の過程を説明した。スープが楽しげな音をたてて煮えてくるころには、イーディスも理解して結論を受け入れてくれた。彼女はそのことを息子に話さなければならないと思っていた。「それはジャスパーの意見を説明してくれるわ」彼女は言った。

「彼は何と言ったんですか?」わたしははやる思いで尋ねたが、彼女は曖昧に首を振り、はっきりとは覚えていないと訴えた。けれども、それは明らかな容疑者がいないことについて警察と話したことに関係があるらしい。

「何やら……名誉棄損のかどで訴えられたくないとかいうことだったわ。もちろん、ミスター・クリーヴィーを告訴したのはミスター・チェイスだったし、警察は彼が被害者なのは疑いなしだと思っているの。ミスター・チェイスが自身の誘拐と殺人未遂を画策したことを、警察に受け入れさせるのは容易ではないでしょうね」

その晩、イーディスとわたしは二人だけでスープとパンとチーズの夕食をとった。ジェスパーソンが帰ってこなかったからだ。わたしは心配していなかった――遅くなりそうだと彼は母親に前もって伝えていた――でも、彼と話し合って計画を立てられないことがいらだたしかった。それにちょっとした嫉妬心もあった。ジェスパーソンは警察の手助けをして捜査を進めているだろうに、わたしは何もせずに家に足止めされていたのだから。

緊張が多かったその朝の出来事に疲労したイーディスは早く部屋に引き上げてしまった。わたしは眠くなかったが、一人で起きて煙っぽい暖炉の火を燃やし続ける気にもなれなかったので、じきにベッドへ行った。目を覚ましたまま横になり、くよくよと思い悩むしかないと確信していたが、枕に頭がつくなり眠りに落ちたらしかった。はっとして目が覚めたときは、ベッドに寝たあとのことが記憶になかったし、どれくらい時間が経ったかもわからなかったからだ。

部屋は暗くて静かだったが、わたしの胸はどきどきしていた。またしても、自分以外に誰かがいるという、吐き気がするほどの恐怖心に襲われていたのだ。

〝ああ、そんな、またなの〟

体は恐怖にとらわれていたが、眠りに侵入してくるこのお馴染みの感覚にとにかく腹が立っていた。暗闇に目を凝らしても、普段と変わったものは見えなかったが、今回は奇妙なにおいに気づいた。

箱入りマッチを手探りしながら寝返りを打ったとたん、彼が見えた。

頭だけとか、ベッドの足元にいる影のような存在ではなかった。大柄で頑丈な男、わたしがベニントン卿の屋敷の廊下ではじめて見かけた男がまぎれもなくいたのだ。すると、なすすべもなくベッドに横たわる自分にのしかかってくる蒼白で邪悪な顔を前にも見たという、あり得ない記憶に震え上がってしまった。

今、コサックがわたしの上にそびえたっている。恐怖でぞくぞくしながら、わたしは幻覚が本当のことになってしまったと悟った。

叫ぼうとして口を開けたが、息を吸い込むなり、鼻と口を布で覆われて大きな手で押さえつけられた。さっきから気づいていたにおいの正体はこの布きれだった。鼻につんとくる、胸の悪くなるような甘くて意識をなくさせるにおいを感じたのを最後に記憶は途切れた。

J・J・ジェスパーソン氏の個人用手記から

彼女がいなくなった！　連れ去られた！　あいつの邪悪な手の中にいる——責められるべきなのはぼくだ。

ぼくはどうしてこんなに大ばか者で、間抜けで、愚か者だったのか？　CCが彼女を求めていたとわかっていたのに——それだけではない。ACのみが彼に仕える者でないこともわかっていたのだ。AL自身がぼくにコサックのことと、彼に対する彼女の（彼女はそれがばかげたことだと思っていたが）恐怖について警告していた。ぼくには必要な情報がすべてあったのに、もっと慎重な行動をとらなかった。彼女を無防備な状態で置いていくべきじゃなかったのだ。ぼくは彼女の部屋の前に長椅子を置いて夜を過ごすべきだった。

もしも、これがCCとぼくとの知恵比べにすぎなければ、頭を下げて負けを認めるところだが、ALの命がかかっているから降参するわけにはいかない。彼女をすぐさま救出しなければならないのだ。

　ＣＣが彼女やほかにとらえた者たちを監禁している家を見つけ出すことはそう難しくあるまい。二十四時間以内に住所を突き止められる自信はある。だが、その間、彼女はどうなるのだろうか？　思うに、無事に監禁されたままだろう——快適ではないだろうが、傷つけられることはないはずだ——ほかの行方不明の霊能者とともに。だが、もしもぼくが間違っていたとしたら？

　ＡＬと霊能者たちとのつながりは何か？　もっともありそうなことは。何もない。ただ、一つの目的のために四人の人間を誘拐するのに成功したＣＣが、別の目的のためにも同じ手段を使ったのだろう。

　目的は何か？

　一つ目の可能性。もっとも忌まわしい理由。考えるのも耐えがたい——まさか、あいつもそこまで低俗な人間ではあるまい？　なんといっても、教養のある（注意：アメリカ人だが）既婚者で——妻が一緒に暮らしている——拉致などに頼らなくても、どんな女だって手に入れられるほどの魅力や金や名声がある。とはいえ、この可能性から逃げるわけにはいかない。女性の苦痛や恐怖から楽しみを得る男（あるいは男のように見える獣）がいることは知っている。

　二つ目の可能性。正体を勘違いしたこと。最初に会ったとき、ＣＣはＡＬを霊能者だと思った。そのことをＢ卿が笑い飛ばすと、困惑していた。今でもあいつはＡＬに霊能力があると信じているのか？　そう考えることがあいつにどう適合するのか？　彼女が霊能者でないと受け入れざるを得なくなったとき、あいつはどうするだろう？（最初の問題に戻る。なぜ、あいつは霊能者を集めているのか？）

三つ目の可能性。人質。あいつはぼくへの攻撃として彼女をさらった。脅威を感じたあいつは、自分の計画を邪魔しないで実行させなければ、彼女を傷つけると思い知らせようとしている。

第二十三章　暗闇で

ずきずきする頭痛とともに目が覚めると、わたしは寒くて暗い部屋にいた。墓地のように真っ暗だったが、ベッドに寝て毛布が掛けられていることは感じた。

恐る恐る起き上がり、吐き気を催さないようにと集中した。口の中はからからで、嫌な味がする——たぶん、頭痛と同様、エーテルの影響だろう。どこにいるのか、どれくらい気を失っていたのかもわからない。

「ハロー?」かすれたきしんだ声しか出なかったけれど、自分の声を聞いて安心した。埋葬されたわけではなさそうだ。「誰かいますか?」

向きを変えてベッドの端から両脚を出し、素足で絨毯に立ってみた。ざらついた砂のような感触からすると、あまり掃除されていないらしい。埃っぽくて湿って、かすかに鼠のにおいがする空気と考え合わせると、この部屋には長い間、誰も住んでいなかったと思われた。足首のあたりに当たる冷たい風は扉の下の隙間から来るのだろう。扉の方向を見定めようとしていたとき、何かが聞こえた。

足音。こちらに近づいてくる。

止まった。

わたしはベッドへ戻り、冷えた足を体の下にたくし込むようにして寝て、息を詰めた。

金属がほかの金属に当たる音がして、鍵の回る音がした。扉がさっと開いた。

立っていたのはチェイスだった。手にしたランプの明かりで暗闇に姿が浮かび上がっている。こんな状況がごく当たり前だというように、彼は微笑して言った。「目が覚めてからそれほど経っていないといいが。見知らぬ暗い場所で目を覚ましているのは落ち着かないものだからな。向こうにはランプとマッチがある——だが、あなたは知らなかったのだろうね」

彼は扉を閉めて入ってくると、壁際に置かれたテーブルへ行った。そこでランプに灯をともす。わたしは自分の牢獄をはじめて目にした。

大きな部屋だった——ガウアー街のわたしの部屋よりも広い——けれども、むき出しで不快な雰囲気だ。家具と言えるのは二台のベッド、農家の台所にありそうな長くてありふれた木のテーブルだけだ。わたしの左側の壁にある窓には板が打ちつけてあった。

「朝食には何を召し上がりますかな？」チェイスは尋ねた。「ポリッジに卵、トーストがあるが……もしかすると、キッパーがお好きかな？」

この場に似つかわしくない彼のもてなしぶりは、コサックの侵入と同じくらいぞっとするものだった。「朝食までなんかいません」わたしは声を平静に保って言った。「家に帰りたいのよ」

チェイスはほほ笑んだ。「ああ、ミス・レーン。今ではここがあなたの家なのだよ。だが、気落ちしてはいけない。確かにここはかなり粗末だが、間もなくほかへ引っ越すのだ。もっと良い住まいが見つかるだろう。茹で卵か目玉焼き、それともスクランブルド・エッグがよろしいかな？　ベーコン？」

「ここはどこ？」

「そんなことを気にしなくていい」

「わたしをここに置いておくわけにはいかないわよ」

チェイスの微笑はさらに大きくなった。「置いておけることがわかるだろう」

「でも、どうして？」毛布を体に巻きつけ、ガタガタ鳴りそうな歯を食いしばりながら、わたしは理解しようとしていた。「なぜ、わたしを誘拐したの？　何が望み？」

チェイスは声をあげて笑い出しそうだった。目がきらりと光る。「やれやれ、まさかまだ無知なふりをするわけではないだろうね？」

「何のふりもしていません。あなたがわたしに何を求めているのかわからない」

彼はまじまじとわたしを見た。「知らないのか。本当に知らないのか」すると彼は吹きだした。「ハ！　なんと、なんと。偉大なる婦人探偵様だな。あなたは消えた霊能者たちの奇妙な事件――こう呼んでもいいだろう――を調査しているではないか――なのに、あのことをまだ知らないのか」

わたしは顔をしかめた。「あなたがミスター・クリーヴィーを道具に使って、失踪事件の裏にいることはわかっているのよ。でも、それがわたしを誘拐する理由にはならないじゃない」

「ならないかな？」

わたしは途方に暮れていた。「まさか、こんなことでわたしの相棒に捜査をやめさせられるとは思っていないわよね？　彼はますますあなたの企みをくじこうという気になるだけよ……それにこのことを警察に通報するだろうし」

チェイスは片手を口に当て、あくびを抑える真似をした。

「こんなことをして、ただでは済まないわよ」腹を立てて言った。「彼はあなたを見つけるし、そうしたら――」

チェイスは退屈そうな顔だった。「ジェスパーソンのことは忘れるんだ。今やあなたはわたしのものなのだよ」

「わたしは誰のものでもありません！」わたしは背筋をぴんと伸ばして立ち上がった。彼の侮辱的な言葉を聞き、背骨がこわばっていた。「誰もわたしを所有などしない――この国では、この時代では、人間は誰のものでもないのよ――あなたの国でも同じこと――ほら、リンカーン大統領によって奴隷制度が法的に禁止されてから三十年経つじゃないの。わたしは決して――」

「やめろ」チェイスは片手を上げた。「これは奴隷制度と関わりなどないのだよ、愚かな嬢ちゃん。

わたしたちの関係についてなのだ――」

〝関係〟その言葉にわたしは衝撃を受けた。「あなたは結婚しているじゃないの」

「いかにも。わたしは妻を愛している」彼は悪意に満ちたまなざしでわたしをしげしげと見た。「妻をとても愛している。彼女もわたしを愛してくれる。わたしたちはどちらも相手に心服しているのだ。しかし、ナデジダは体が弱い。だから――彼女に無理はさせられない。あなたの助けがあれば、そうできる」

チェイスは動いていなかったが、わたしを見つめているうちに、さっきよりもこちらへ近づいてきたように思われた。彼の顔がわたしの顔に迫っている気がした。昨夜の彼の使用人のように、無慈悲で冷静な表情で。コサックがわたしをさらいに来たのだ――今、わたしを自分のものだと言っているこの男に与えるために。

「どうしてそんなに怯えた顔をしているのかな？　傷つけるつもりはない。痛めつけはしないよ。これはあなたにとっても良いことなのだ。あなたはナデジダよりもかなり丈夫だ。わたしを信じてくれれば――信じなさい。寛ぎなさい。わたしを信頼するのだ。体から力を抜いて。何も恐れることはない。あなたは安全だ。安全だし、寛いでいる」

チェイスは一本調子だけれども説得力のある低音で話していた。それが催眠術師の使う技だとわたしは見抜いていたし、逃げなければいけない、抵抗しなくてはいけないこともわかっていた。なのに、どんなに顔をそむけて彼の目を避けようとしても、動くことができなかった。彼の視線に目を射られ、解放してもらえない。

どうあっても彼から逃げようと決心し、やっとのことで言葉を絞り出した。

「何を――何が望みなの？　何をするつもり？　あなたにはできない！　間違っている――わたしは求めていない――あなたを愛していない」

最後の抗議が彼の反応に火をつけた――困惑から怒りへ。それとともに、わたしを抑えている力が緩んだ。チェイスは目を見開いた。「愛？　この愚か者めが。よくもそんなことを想像したものだ――一瞬でもそんなことを思うとは。このわたしが――あなたを――ばかな女だ。あまりの無知にあきれてしまう。さあ、眠るんだ。眠れ……眠れ……眠れ」

わたしたちのつながりは切れてしまい、チェイスの命令は効果がなかった。でも、彼はそのことがわかっていないようだし、わたしはそれに気づかせたくなかったから、術にかかったふりをした。まぶたを震わせ、彼が期待しているような行動をとってベッドに倒れ、眠った風を装ったのだ。だが、できるだけ用心していた。わたしは無垢だし、ある点については彼が考えているように無知かもしれないが、男性の体が女性の体と異なる部分については知っている。そこが彼らの弱みだということも。わたしはすばやく、躊躇なく行動するつもりだった。もしも無意識状態に見えるわたしの体にチェイスが辱めを与えようとしたら、すかさず――男としての大事な象徴をつかんでやり――容赦なく押しつぶしてやる気だったのだ。

とうとうチェイスはため息をついた。わたしは規則正しい呼吸をすることに集中していたが、彼があとずさったことを感じた。「これから一時間寝るんだ。目を覚ましたとき、あなたは気分がすっきりして寛いでいるだろう。わたしを恐れなくなる。あなたにはわたしを恐れる理由がない」さらに早口で続ける。「もっとも、あなたはわたしを尊敬しなければならないし、命じられたことは何でもやらなければならないのだよ。わたしの命令には間違ったことも不道徳なこともない。あなたはわたしを幸せにしたいと思うだろう。そうすれば、あなたも幸せになれる。わたしを喜ばせているかぎり、あなたに害は与えられない。あなたはわたしを喜ばせたいと思う。ばかげた考えは忘れてしまうだろう」――彼はためらいがちに口ごもった――「わたしについてのばかげた考えは」

それから長い沈黙が続いたが、わたしは彼がこちらを注意深く観察していると確信していた。体から力を抜いて規則正しく呼吸することに神経を向けた。疑念を持たれないかと恐れながら。けれども、チェイスはわたしに言いたかった言葉の矛盾をうまく収めようとしていたのだろう――彼がわたしの友人であるとともに主人でもあるという矛盾。女性を拉致したくせに、自分が高潔な男であるという矛盾。意思に逆らうようなことを強制しないと言いながら、わたしが彼の命令に何でも従わなければならないという矛盾……

とうとうチェイスは出ていった。扉に鍵がかかる音が聞こえ、わたしは足音が階段を下りていく音がするまで待ってから目を開けた。

告白しなければならないのだが、そのとき、目に涙があふれてしまった。自己憐憫の発作に身を任せ、胸を波打たせながら声を殺して泣いた。

でも、長い間ではなかった。チェイスに自分が何と言ったにせよ、相棒に多大な信頼を寄せているにせよ、率直なところ、わたしには昔のおとぎ話に出てくる、さらわれた娘に求められたような忍耐心がなかった。警察が扉を叩き壊してくれるのをおとなしく待つとか、そうしてもらえない場合は自分の運命に甘んじるといった可能性はあり得ない。

それに、天は自ら助くる者を助く、と言われているのじゃなかった？

ランプの明かりの助けを借りて状況を調べてみた。

テーブルの上にはランプとともにマッチと、水の入った壺が二つあった——一つには冷たい水が、もう一方には生ぬるい水が入っている。洗面台と、良いにおいのする石鹸、そして数枚のハンドタオル。グラスは二つあった。わたしは片方に冷たい水を注いで乾いた喉を潤し、部屋の残りの部分を探索した。

二台目のベッドの向こうの隅には尿瓶があり、木製の収納箱が一つあった。収納箱にはシーツと毛布がさらに何枚か入っていた。ベッドに毛布を追加し、ちょっと考えてシーツの一枚をはいで脚に巻きつけた。脚は今や二本の冷たい煉瓦と化していた。もはや我慢できなくなり、少しは温かいベッドに戻ると、毛布に包まれてうずくまった。身震いしながら、温めようとして両脚をさする。

部屋には暖炉があったが、冷え切ってがらんとしていた。熱を生み出すものとして使えそうなのはわずかにある冷えた煤だけだ。部屋の中で燃料になりそうなのは小さな木製の収納箱と寝具類くらいだった。でも、それを燃やしたところで長くはもたないだろう。おそらく煙突も窓と同じようにふさがれていそうだ。役に立つ道具になりそうなものは何一つ見当たらなかった。チェイスとのやりとりをあんなものにしないで、朝食を頼めばよかったと思った。もしもまた機会が与えられたら、キッパーを選んだだろう――朝食に魚を食べるのが好きだからではなく、魚用のナイフが役に立ったかもしれないからだ。もしかしたら、魚の骨さえも。

こんな格好だなんて、と嘆いた。まともな服を着ていたときに誘拐されたならよかったのに！　靴は履いていないし、服には留め金もボタンもベルトもブローチもない。ポケットに役立ちそうな品物がしまい込んであるかもしれないコートも着ていない……フランネル地の寝間着だけなのだ。ジェスパーソンがわたしのヘアピンを使って鍵を開けるのを見たことがあった。充分に時間をかけて固い決意で臨めば、わたしだって開けられるに違いない。でも、なんということだろう。わたしは寝る前に髪を下ろして三つ編みにしていた。だから、髪をきちんとまとめるのに使っているいつものピンではなく、リボンの切れ端しかなかった。

少し経って脚がやや温かくなると、毛布で包み、別の毛布をショールのように体に巻きつけて、板を打ちつけられた窓を調べにすり足で近づいた。板は実に手際よく完璧に打ちつけられていたので、窓から逃げ出すことや、助けを求めて顔を出して叫ぶことはおろか、ここがどこかを知ることさえ無理だった。しばらく窓辺に立って静かに耳を傾けた。時おり馬車が通る物音が聞こえた。車輪の音や馬の蹄の音、通り過ぎる人々の遠くからの叫び声や大声が耳に入った。きっと自分は静かな通りに建つ家の裏手にいるのだろうと思った。ロンドンのどこか、または近くの郊外に建つ家の。

もしかしたら、ベルグレイヴ・スクエアからさほど遠くないかもしれない。チェイスが使用人の願いを聞いて借りたという家についてのレディ・フローレンスの話を思い出し、心臓がどきどきし始めた。これがその家？　彼が誘拐した霊能者たちはほかの部屋に閉じ込められているのだろうか？

急いで扉のところへ行き、かがんで鍵穴から覗いた。見えた光景は心をそそられるものでもなかった――薄暗くて埃っぽい廊下だった――けれども、向かいの壁には閉まった扉が見えた。できる限り耳を澄ましてみた――何かがきしむ音と、低いささやきのような音……スカートを引きずる音だろうか？　それとも、人の声？

もちろん、チェイスと妻の声かもしれない……でも、ほかの可能性を考えたら、希望が燃え上がった。悩む時間を自分に与えずに、わたしは部屋の扉を鋭く四回、しっかりと叩いた。

たちまち、聞こえていたわずかな物音がやんだ。驚いて目を見交わすさまが思い浮かぶ。もう二回、扉を叩いてから呼びかけた。「聞こえますか？　そこにいるのは誰？」

「ええ、もちろんです！」若い女性の声だった。「わたしたち、あなたの声が聞こえます」

「わたしはミス・レーン」声を張り上げた。「誘拐されてしまったのです」

「わたしたちも同じよ」二つの若い声が同時に言った。

わたしはため息をついてほほ笑んだ。奇妙なほど安堵していた。「たぶん、ド・ボーヴォワールのお嬢さんたちね？」

彼女たちは自己紹介した——アメリアとベデリアだと——そして同じ部屋にミス・ヒルダ・ジェソップがいると話してくれた。

目に涙がこみ上げた。「ああ、よかった!」そう言ったが、涙で喉が詰まった。「あなたたちが無事でよかったわ。探していたのよ——みんな大丈夫なの? なんともないの?」

なんともないと、彼女たちは請け合った。でも、恐ろしく退屈なのだと。外へ絶対に出してもらえないのはものすごく嫌。でも——姉妹の一人がくすくす笑った——ミスター・チェイスは申し分ない紳士だし、とても魅力的よ。それに、ずっとこの状態ではないと保証してくれたの——アメリカに連れていってくれると約束してくれたわ。そこでは今と大違いのとても楽しい暮らしができるんですって、と。わたしは大声での会話にすっかり夢中になっていたので、階段に足音が聞こえてきたことに気づかなかった。部屋の扉を拳が叩く音がしてようやく気づいた——一回、二回——わたしにはわかった——全員にわかったのだ——間違いなく、会話が終わりだということが。

わたしは最初に扉が叩かれたときにあとずさった。鍵穴に鍵が当たる音が聞こえ、扉がさっと開けられたかと思うと、コサックと呼ばれる不気味な大男がまたしてもわたしにのしかかるように立っていた。逃げてはみたが、彼はたったの一歩で距離を詰めた。大きな手が腕に近づき、わたしは心底からの恐怖で悲鳴をあげた。

コサックの目に怒りが燃え上がり、頭を振った。黙れというしるしに、自分の唇に人差し指を当てた。わたしは急いで首を縦に振った。命令に従うことを必死で示したのだが、充分ではなかったのだろう。コサックは怒りを解いた様子を見せなかったからだ。彼はすばやくわたしの両腕を背中に回し——わたしには抵抗する力もなかった——何かの紐で両手首を縛りつけた。そしてポケットから布きれを取り出した。意識のない眠りに誘い込まれた、エーテルに浸した布を思い出し、怯えた泣き声をあげずにはいられなかった。「だめ——お願い、やめて——静かにする——」

コサックはその布でわたしに猿轡《さるぐつわ》を嚙ませた。口に布の端を詰め込み、残りを頭の後ろにまわして結んだのだ。

わたしは絶望の思いで頭を振ったが、役に立たなかった。コサックは早くもこちらに背を向け、部屋から出ていくところだった。一瞬後、扉は閉まった。鍵穴で鍵の回る音が聞こえ、わたしは一人で残された。

J・J・ジェスパーソン氏の個人用手記から

あの家を見つけた。

だが、借りていたのはコサックこと、ピョートル・イワノヴィッチで、彼が昼も夜も見張りをしている。ぼくが警察にこの疑惑を通報すれば、とらわれている者たちはすぐにでも解放され、コサックは逮捕されただろう――しかし、CCは相変わらず野放しのままになる。

捕まえた霊能者たちを失うことは、役に立ってくれる大柄で力の強い使用人を失うのと同様にCCには不都合だろうが、一時的な障害にすぎない。なんといっても、雇うことができる乱暴者などいくらでもいるし、連れてこられる霊能者もまだまだいる。それに違法な利益を得るために催眠術の力を使うことに、彼が抵抗を全然感じていないのは明らかだ。

ミス・レーン、ぼくを許してくれ！　無事に解放されるきみの姿をどんなに見たいことか。

だが、CCに関する決定的な証拠を手に入れるまでは、すぐに動かないほうがいいことにきみも同意してくれるに違いない――間違いなく警察が認める証拠だ。CCがどうにかして、捕虜たちが彼に対する説得力のある証拠を与えられないような手段をとるのではないかとぼくは恐れている――狡猾な催眠術師が相手を混乱状態にさせる手口なら、ぼくは痛いほどわかっているのだ。無理やり不誠実な証人に仕立てられるのは、彼の捕虜たちにとっておぞましいことだろう。それにぼくはあいつに使われている者たちが罪をかぶることを許してはおけない。知らぬ間に利用された気の毒なアーサー・クリーヴィーは特に。

CCを見逃すわけにはいかない。あいつの正体を突き止めたのだから、今度は罪を立証しなければならないのだ。あいつの犯罪について鉄壁の証拠を見つけなくては。

宝石盗難事件――どれもCCがロンドンに来てから起こっている。これは意味があるのか？ 突き止めよう。盗難事件があった家のどれか、またはすべてに電話が設置されているだろうか？ 去年、家族か使用人でパリにいた者はいるのか？

劇場――演劇関係の記事にCCが〈アルハンブラ〉を一週間以上にわたって借り切ったと出ていた。もっとも、公演は一夜限りらしい。公演までは劇場を〝閉館〟しておくという珍しい条件のために、CCはかなりの使用料を払った。ほかの公演は行なわれないし、中には誰も立ち入れない――舞台装置を作るためには時間がかかるし、邪魔が入る危険は冒せないからという理由だそうだ。または、新聞で前もって詳細を書かれると、〝驚き〟が台なしになるとかいうことらしい。そんなことを言うのは宣伝にすぎないだろう——CCが新聞で取り上げられるたびに大衆の関心は高まっていく——だが、ぼくは好奇心をそそられている。劇場にたいした秘密が隠されていないとしても、中に入ってみるのは役に立つだろう。

第二十四章　さらにひどい監禁

自分が無力だと感じ、子どもみたいに声をあげて泣きたい衝動に駆られた。でも、涙を抑えきれなかったら、鼻が詰まり、不可能ではなくても、呼吸をしづらくなるだろう。それに、わたしは自分をとらえた男にできれば降参するまいと決心していた。コサックのせいで、ほかの囚人たちとしばらく話はできなくなったが、わたしは彼に最終的な権限を持たせるまいと思った。なすすべもなく座り込んでチェイスが来て自由にしてくれる（そうすることで彼がいくらかの喜びを得るのは間違いない）のを待つのではなく、いましめを解くために最善を尽くそうとしたのだ。

両手を縛られていたので難しかったが、無理ではなかった。わたしはまだ若いほうで柔軟だったから――非常に若いわけではないし、インディアンごっこでいとこの男の子たちに捕虜にされたときほどは体が柔らかくなかったが――脱出方法はわかっていた。手首を痛めながらだったけれど、ついに成功した。いったん両手が自由になると、猿轡も外すことができた。

それから壺に入っていた水の残りを飲み干し、別の壺の水（今ではもう一方の壺の水と同様に冷たかった）を使って顔を洗った。

わたしは扉をじっと見た。もっと役立つ情報を持っているに違いないほかの囚人たちと会話を再開したかった――けれども、あまり賢明なことではないだろう。この次は、コサックに手だけでなく、足も縛られるかもしれない――またはベッドに縛り付けられるか。いや、この戦いは慎重に進めよう。


時計もないし外も見えないから、今が何時かわからなかったが、空腹具合からすると――朝食を断ったことをひどく残念に思い始めていた――午後の早い時間と思われたころ、チェイスが現れた。冷肉とピクルス、パンとチーズ、牛乳の入ったコップ、紅茶のカップが載った大皿を持って。

わたしのいましめが解かれていたのを見て驚いたとしても、彼は表情に出さなかった。もしかしたら、自分の留守中に何が起こったのかを知らなかったのかもしれない。わたしが縛られて猿轡を噛まされているのを見たら、かなりの衝撃を受けた――おもしろがらなかったとしたら――とも考えられる。あの野蛮人と主人との意思の疎通について、わたしはふたたび考えていた――チェイスがコサックに簡単な指示を出せることは間違いないが、ロシア人の使用人が主人に報告する能力がどれくらいあるのかはわからなかった。おそらくコサックは、捕虜たちをおとなしくさせておけという命令を受けているのだろう――その方法はコサックに任されているのかもしれない。

わたしはすぐさま食べ始めた。チェイスは扉にもたれて両腕を胸で組みながらわたしを眺め、がつがつと急いで食べる様子をおもしろがっていた。「朝食をとらなかったことを後悔しただろう」

わたしは顔をしかめて彼に視線を向けたが、何も答えなかった。

「ピョートルが夕食を持ってくる。今夜、わたしは忙しいのだ――ベニントン卿がわたしのために、ごく選り抜きの客だけを招いたパーティを開いてくれる」

わたしはまたしても返事をしなかった。とはいえ、彼がコサックの名を口にしたとき、身震いを抑えるのがやっとだった。

「彼は新しい水も持ってくるはずだ。それと……ほかに必要なものはあるかな?」

わたしは眉を吊り上げ、わざと食べるのを中止した。その返事をじっくりと考えているかのように。

「一つだけあるわね」

「それは?」

「自由になること」

チェイスは微笑して首を横に振った。「自由とは心の中から生まれるものだ。わたしが言ったのは、ここでのあなたの滞在をもっと快適にする、実際の物のことだよ」

「服よ」間髪を入れずに言った。

「ここにいる間は必要ない。出かけるときは移動にふさわしい服を与えてやろう」

「そんなに大それた頼み?」わたしは腹を立てて彼をにらみつけた。「あなたもフランネル地の寝間着だけで一日じゅうここに座ってみたらどうなの。暖炉を使えないなら――」

「暖炉は使えない。すまないが。部屋着と室内履きがあれば、もっと快適になるかな?」

わたしはしぶしぶ同意した。空腹がやわらいでくると、ほかのことを考える余裕ができた。牛肉の薄切りを慎重に小さく切り分けながら思い巡らす。このかなり鈍《なまく》らなナイフでも、脱出の助けとして使えるだろうか。もしも――ありそうにないが――彼がこれを置いていってくれるなら。

「ほかには?　できるだけ快適に過ごしてもらいたいと、わたしは心から思っているのだよ、ミス・レーン」

わたしは髪を叩いて見せた。「櫛とブラシと鏡があればいいわね。髪を結いたいの」

チェイスは訳知り顔でほほ笑んだ。「虚栄心よ、汝の名は女なり。ブラシを与えるのはかまわないが、髪は下ろしておくんだ。ヘアピンとか、ほかにも鍵を開けるのに使えそうな物は与えられない。本当の話、これはあなたの身の安全のためなのだよ。どうにか階下へ行けたとしても、出口では犬が番をしている。こいつはわたしよりも残忍だし、わたしほどあなたの快適さなど気にかけないからな」

チェイスの嘲りが胸を刺した。わたしはナイフとフォークを置き、皿を脇へ押しやった。「いったいどれくらい、わたしを閉じ込めておけると思っているの?」

「たっぷりと長い間だ。食べ終わったのか?」

「こんなことして、ただでは済まないわよ。ミスター・ジェスパーソンがわたしを見つけるから」

「ほう、見つけたらどうするんだ?」チェイスは肩をすくめた。唇には微笑めいたものが浮かんでいる。

不安で胸が痛むのを感じた。もしも、これはわたしを目的とした誘拐でなかったとしたら。相棒のために仕掛けた罠の餌として、わたしが連れて来られただけだったら？

「彼は一人では来ないでしょう――警察を連れてきて、あなたを逮捕させるはずよ！」

チェイスの視線がわたしの目を突き刺した。「それはなお結構。あなたの友達は自分を愚か者に見せるだけだし、警察がわたしを逮捕するはずはない。あなたが自分の自由意思でわたしといるのだと誓って、帰ってくれと警察に懇願するだろうからな」

試してみたものの、わたしは彼から目をそらせなかった。「どういう意味なの？」

「見本が欲しいようだな。あなたを力づくで連れて帰ろうとするほどジェスパーソンがばか者だったら、こんなことが起こるのだ」

自分で意図したわけではなかったのに、いつの間にかわたしはベッドから離れて立っていた。そしてチェイスが軽く手を振ると、わたしは彼の前にひざまずき、懇願の仕草で両手を握り合わせた。他人の意思によって動かされる操り人形になってしまったらしいという事実をどうにか受け入れようとしているうち、もっとひどいことが起こった。声が聞こえた――わたし自身の声が――この上なく惨めな懇願口調でこう言っていた。「わたしを連れていかないで。お願いします、ミスター・チェイスといさせてください。ミスター・チェイスほど偉大な方はおりません。わたしの唯一の願いはあの方に従い、あの方に仕えることです」

その間ずっとわたしはチェイスを見上げていた。彼は何かに集中しているような穏やかな表情だった。チェイスが腹話術を使っているのだとどんなに非難したくても、それが自分の声だとわたしは知っていた。嘘をついていることを感じる。あり得ない言葉が口から飛び出してくる。目に涙がこみ上げた。涙が一滴、頬を伝い落ちるのを感じて、どうにもできないという恐怖心が高まった。

「なんと感動的な光景だろうか」チェイスは身を乗り出しながらささやき、指先でわたしの涙を拭った。「石のような心を持つ人間でも、あなたの素朴な願いを拒めないだろう。それに妻はあなたをとても気に入っているのだよ……彼女の看護婦としてわたしたちと旅をすればいい。家族の一員のようになれるだろう」チェイスは胸ポケットのハンカチを取って両手を拭いた。

「立ち上がるんだ、我が子よ。もう泣かなくていい。もちろん、とどまってもかまわない。誰もあなたを無理やり連れていくことはないだろう。さあ、ベッドに戻って休むんだ。寛いで気楽な気持ちで休みなさい。眠りなさい。目を覚ましたとき、自分がいるべきところにいるとわかるだろう。今は眠るのだよ。眠れ」

J・J・ジェスパーソン氏の個人用手記から

〈アルハンブラ〉を所有して管理しているのは、ウエストエンドに事務所を構えるある協会だった。この事務所にセニョリータ・ガルシア・イェ・ベラスケス――非常に長身だが、それに比例して豊満なスペイン人の踊り子――が訪ねてきて、二月に三週間の予定で劇場を借りたいのだがと言った。けれども、契約への署名に同意する前に、適切かどうかを確認するために場所を実際に見なければならない。なぜなら、彼女の踊りに加えて、舞台には綱渡りや曲芸をする場所、また突然に現れたり消えたりすることを専門にしている奇術師が登場できる余裕がなければならないからだ、と。

その日に事務所にいた支配人は、当劇場は間違いなくご要望にお応えできますと請け合った。詳細な建築計画書や絵や、写真さえも持ち出してきたが、踊り子は自分で劇場を見たいと言って譲らなかった。彼女がロンドンにいられるのは一日だけで、二月までは戻ってこない予定だという。もし、〈アルハンブラ〉の経営能力に満足できなければ、ほかでもっと温かいもてなしを受けてもいいのだけれど。たぶん〈パレス〉や〈エンパイア〉で……。

支配人は見せても害はなかろうと判断した。ちょっと訪ねて、その場所の雰囲気を知るくらいならば。

〈アルハンブラ〉の正面玄関と裏口の両方を男たち（CCに雇われた者）が警護していたが、もちろん彼らに劇場の所有者の出入りを禁じる権限はなかった。自分で鍵を持っている支配人が、必要な義務を果たすのを妨げるわけにはいかない。彼と一緒の女性については……男たちは訳知り顔で視線を交わした。やがてこの情報はCCに伝えられるに違いない。だが、不当な侵入者にいらだちはしても、CCは警戒したり、疑念を持ったりしないはずだ。そう、ぼくが関わっているのではないかなどと。

予想したように、劇場内の見学は短時間で通り一遍のものにすぎなかった。支配人はいくつかの物を指し示した。ぼくが尋ねていた落とし穴や飛行用のワイヤーといったものを。だが、舞台に上がることは許されなかった――そこに設置されているものはもちろん、ミスター・Cの所有物ですからと。そして支配人は、自分が大変な危険を冒している事実に敬意を払ってもらえるといいのだがと言った。厳密に言えば、これは誰も中に入れないという契約の違反になるのだからと。ミスター・Cに雇われている者も、ちらっと覗くことさえできないのですよと支配人は言った。

ちらっと覗いた結果、かなりのことが明らかになった。ご大層なアフロディーテとか！　今や、ぼくはある考えを抱いている——警察には正気の沙汰ではないと思われそうだが——誘拐した霊能者たちを彼がどう利用するつもりかということについてだ。そして公演予定の夜よりも前に、彼がもう一人、霊能者を誘拐するのではないかと推測している。

見学はもとから簡単なもののはずだったが、もっと早く終わることになってしまった。というのも、褒美をもらうべきだと感じたらしい案内役の支配人が、自分は紳士でないことを証明したからだ。当然ながら、セニョリータは彼を阻止するのに充分な力を備えていた。たぶん支配人は今度、扇を持ったご婦人と二人きりになったときは、女性にもっと敬意を——少なくとも、もっと注意を——払うだろう。（備考。扇のほうが支配人よりも被害がひどかった。支配人はさぞ不満だったことだろう）

出入り口にいた警備員は腹を抱えて笑っていた。ひどく腹を立てた様子で駆けていく、驚くほどすばやくて長身のスペイン婦人を、虚しく追いかけていく支配人を見て。彼女は支配人の哀れな悲嘆の声など気にも留めていなかった。「しかし、契約は？　許してくれませんか？　まだ署名をいただいていないが……事務所に戻って署名してくれませんかな？」

あいつの次の犠牲者は誰だろう？　できるだろうか——いや、やるべきだろうか——この企ての阻止を？

自分に霊能力があるとか心霊術の力があると主張する、少なくとも二十人にCCが紹介されたことはわかっている。すでにそのうちの四人（それとAL）を彼は捕まえた——残りは十六人だ。現在はロンドンに住んでいない三人は除いていいだろうから、リストには十三人残り、そのうちの八人が女性だ。この分野では女性が男性よりもかなり優位を占めていることに、これまでぼくは気づかなかった。CCが女性を好むからかと思われたが、犠牲者の割合は男女の人数の差を反映しているのではないか？　それとも、彼はより小柄で体力のない犠牲者を選んでいるのか？

次にあいつが狙うのはシニョーラ・ギャロではないかとぼくは強く危惧している。しかも早いうちに実行を試みるのではないかと。この犯行を未然に防ぐことはできるし、そうするのは楽しいだろうが、手を出してはならない。ALとほかの囚人の救出をぼくが思いとどまっているのと同じ理由だ。CCに仕える者を奪っても、本人に逃げられてしまっては元も子もない。すでにあいつは公演後にロンドンを離れる計画を立てている。次はニューヨークを征服し、母国のほかの街でも成功する気なのだ。そんなことをさせるわけにはいかない。

残りの何晩か、身の安全には特に用心するようにと、犠牲者の可能性がある十三人すべてに知らせるつもりだ。もし、彼らがCCの計画をなんとか失敗させられたら、結構なことだ。しかし、あいつが六人の捕虜を隠していようが、五人だろうが、あまり違いはない。

結果は同じことになるだろう。ぼくは公の場で決定的にあいつを打ち倒さなければならない。

大勢の聴衆の前で。ＣＣが主導権を握ると想像している、まさに同じ舞台でやらねばならないのだ。とにかく無力にしてやろう――あいつの秘密の武器を盗み出すのだ――そしてあいつがペテン師で寄生虫みたいな泥棒だということを暴いてやる。

だが、その準備には手助けが必要だ。とりわけ、舞台裏で動いてくれる人が欲しい。実に間の悪いときに相棒を奪われたものだ！

第二十五章　もう一人の囚人

　彼の命令に従ってわたしはベッドへ行って頭を枕に載せると、目を閉じた。でも、眠るなんて無理だった。彼のささやかな〝見本〟の恐怖とおぞましさの感覚がわたしの中で湧きあがり、寛ぎなど訪れてはくれなかった。めまいと息切れがして、心臓は網に捕らわれた野鳥のように速く打っていた。

　彼はわたしにあんな言葉を言わせたけれど、本気でそう思わせることはできない。単に口に出すことと本気で思うことの違いは重要だとはいえ、そう考えても助けにならなかった。チェイスは示して見せたのだ――催眠術か魔術を使って――わたしが彼の操り人形だということを。警察の前であのような行動をとらされたら、わたしが自分の意思でこんなことをしたのであって、助けてもらう必要はないと思っていると信じられてしまうだろう。そしてジェスパーソンは？　彼はどう思うだろう？

ああ、ジェスパーソンに手紙を書くことさえできたなら！

でも、このがらんとした部屋には書くための道具などなかった——ペンもインクも紙も。たとえ、チェイスがとても〝親切な〟ところを見せてスケッチ帳と鉛筆を与えてくれるか、読む本をくれたとしても、さらに大きな問題が依然として残る。この家からどうやって手紙を出すのか、どうしたら意図した相手にそれをちゃんと届けられるかという問題が。

そこでわたしは考え続けた。それから何時間か、今の状況の細かい点まで何度も洗い直し、脱出方法を探して。やがてとうとうコサックのものだとわかる足音が聞こえ（あんな大柄な男にしては、驚くほど軽やかだった）、彼が扉を開ける前に起き上がった。緊張し、今度は何なのかと身構えながら。

けれども、今回のコサックはチェイスが約束した物を持ってきただけだった。厚手の温かな部屋着と分厚い靴下を二足。それをベッドの足元に置くと、空になった壺二つを持ち去った。

コサックがいなくなるなり、わたしは新しい衣類を調べた。部屋着の内側にはラベルがついていて新品らしかった。これを誰が買ってきたのだろう。オックスフォード街で女性向けの部屋着なんか買ったら、コサックは人目に付きすぎるに違いない。おそらく家に届けるようにとチェイスが手配したのだろう。もっとも、ノックの音とか、配達に伴うのが普通のちょっとした物音とかも聞こえなかったが。もちろん、この家がどれくらい広いのかわからないし、階段が一つ以上あるのかどうかもわからないのだ。ミセス・チェイスのメイドが秘密を知っていて、伝言役とか配達係とかを務めている可能性もあった。というのも、もしも本当にコサックが唯一の従者だとしたら、たとえ一時間にせよ、わたしたちの見張り番から彼が離れることをチェイスが望んだとは思われないからだ。外で着られる服やヘアピンをチェイスが与えようとしなかった、行き過ぎた慎重さについて考えた。でも、わたしは交霊会の夜にベルグレイヴ・スクエアでコサックに出くわしたことがあった――あのときは誰がこの家を見張っていたのだろう？　さまざまな失踪事件に結びつきがあることを誰にも疑われていないとわかっていたから、チェイスは今よりも安心していたのだろうか？　それとも、わたしには――ほかの囚人たちにも逃げようとする勇気も気力もないと彼は思っているの？

するると、さっきよりも少しは希望が湧いてきた。もしも、逃げられることをチェイスが案じているなら、その方法を見つけなければならない。

ほかのとらわれ人と話せたらいいのにと思った。みんな一緒なら、脱出する計画を考えられるかもしれないのに。コサックだってときどきは眠るはずだし、ほかの人間と同じように両目を閉じるに決まっている。もし、彼がこの家を離れたら、その機会を利用しなければならない。あらゆる音にもっと注意深く耳を傾け、あらゆる気配の変化にもっと気づくようにしなくては。

コサックが戻ってきたとき、わたしは新しい部屋着をまとって靴下を履き、ベッドの端に腰かけていた。彼はボウル一杯のビーフシチューを持ってきた。わたしが身を落ち着けて食べ始めると、コサックは自分のランプを置き、わたしのランプを持って出ていった。

一切れの牛肉を注意深く味わった。変わった味がしている。ぴりっとした赤いソースにはハーブのディルとキャラウェイシードが混ぜてあった。これはロシアの料理？　コサックは見張り番を務めるだけではなく料理人でもあるのだろう。だったら、台所に詰めているときは階上で何か起こっていても音が聞こえないかもしれない。

トレイを取りにコサックが戻ってきたとき、わたしはベッドですべての食事をとるのは快適でないと言った。テーブルに着けるように椅子を部屋に持ってきてもらえないかと。彼はいつものように無表情な顔でわたしをじっと見て、何も答えなかった。


それからまる一日、部屋に来たのはコサックだけだった。チェイスに放っておかれても残念だとは思わなかったが、一人きりで監禁されているのは恐ろしく退屈だった。考えることしかできなかった。外からの刺激がない状態だと、思考自体が罠となってしまい、考えることの範囲はわたしのまわりの部屋と同様に制限されてしまった。

それから事態は一変した。

わたしは眠り込んでいたが、鍵穴に鍵が当たる音が聞こえて目を覚ました。扉が開くと、巨大なコサックが毛布で巻いた包みを胸に抱えているのが見えた。

いつものように彼は無言で部屋に入ってくると、もう一台のベッドに荷物を下ろし、急いで出ていった。扉が閉まり、部屋はふたたび闇に沈んだ。

眠りを邪魔されたことに対してコサックの頭に呪いをかけたいところだったが、意気地がなかったから、小声で言うのがせいぜいだった。

もう一つのベッドに置かれた包みが動き、〝ジェス・エ・サンタ・マリア・ラ・マドンナ〟と神のご加護を求めた。

わたしは飛び起きた。「シニョーラ・ギャロ?」大声をあげた。「明かりをつけるわね……」ランプと箱入りマッチをベッド脇の床に置いておいてよかった。ほんの数秒で明かりがついた。安全にランプを床に置くか置かないかのうちに、興奮した小柄な女性は泣きながら、そして叫びながらわたしの体に腕を回してきた。

「シッ、静かに」慌てて小声で言い、彼女を揺すって警告した。「静かにして! 声を聞かれたら、あのけだものが戻ってきて、わたしたちは二人とも縛られて猿轡を噛まされる」

たちまちシニョーラ・ギャロはおとなしくなった。わたしたちはランプの明かりの中で緊張し、警戒しながら立っていた。手をつなぎ、耳を澄まして。コサックが帰ってこないと確信すると、わたしは言った。「こっちへ来てわたしのベッドに一緒に座りましょう――そのほうが温かくなるし、すっかり話せるでしょう」

「ああ、ミス・レーン! ミス・レーン……会えてとてもうれしい。わたし、ここに一人きりでない。それに、あなた殺されていなくて、本当にとてもよかった」

感情があふれて彼女がまた何度かわたしを抱き締めたりキスしたりしたあと、わたしたちは寒くないように毛布を掛けて寄り添った。どこも怪我などしていないし、無事で元気だとわたしは彼女に請け合った。さらに、廊下の向こうの部屋にはほかにも誘拐された三人の霊能者がいるのだとも教えた。やはり、ちゃんとした扱いを受けているらしいと。「チェイスがわたしたちをどうしようと思っているにせよ、殺そうとか傷つけようとは考えていないみたいね。でも、なぜ彼がわたしたちを閉じ込めているのか、さっぱりわからないのだけれど。彼は囚人たちに食べ物を充分に与えるし、寒いと文句を言ったら、部屋着と靴下まで持ってきたのよ。さて、あなたの身に起こったことを話してちょうだい――どうしてベッドから連れ去られるようなことになったの?」寝間着姿だし、こんな遅い時間なので、彼女がベッドから拉致されたに違いないとわたしは思ったのだ。

シニョーラ・ギャロはわたしの予想を裏づけてくれた。ためらいがちな低い声で説明した。ガブリエルと一緒の部屋のベッドでぐっすり寝ていたら、何かのせいで――彼女には何だかわからなかった――眠りから目覚めたところ、目に映ったのは暗闇で自分にのしかかっている見知らぬ男の青白い月のような恐ろしい顔だったと。助けを求めて叫ぼうとしたら、エーテルのようなつんとしたにおいがする厚い布きれを顔にきつく押しつけられた。彼女は嫌なにおいがする中で息をするしかなく、意識を失ってしまったのだった。

シニョーラ・ギャロのおぞましい経験の話を詳しく聞いて、わたしは鳥肌が立った。むしろ忘れようとしていた記憶が呼び覚まされたのだが、それよりも悪いことがあった。シニョーラ・ギャロの誘拐がこれほど易々と実行された事実こそが示していたのだ――ジェスパーソンが自分の任務を果たせなかったことを。

ロンドンには霊能者などたくさんいるじゃないかと言う人もいるだろう。その多くにチェイスは出会う機会があったはずだし、彼が次に誰を狙うかなんて予測できない、と。それでもわたしは、ジェスパーソンが見抜いているべきだったと思わずにはいられなかった――ほかの誰も気づかないような小さないくつもの手掛かりから、推測すべきだったと――そして、誘拐の企てが失敗するように手筈を整えるべきだったのだ。コサックを警察に逮捕させ、すばやく事件を解決して、チェイスがとらえている者がすべて自由になるように。

もしかしたら、わたしはジェスパーソンを過大評価し、彼の値打ちを本人の言うままに受け取りすぎていたのかもしれない。

一緒に働いてきた五カ月近くの間、何度となく浮かんだ考えを思い出した。間違いなく才能に恵まれたあの男性には、どこか子どもっぽい性質があると。息子はどんなこともできるし、なりたいものには何にでもなれるという、溺愛する母親の信念に育まれて彼は成長したのだ。今考えてみると、子どもっぽいのはわたしだったらしい。ジェスパーソンを信用しきって、解決しようと決めたどんな謎も彼には解けると思い込んでいたのだ。彼なら極悪非道なチェイスも簡単にやっつけて、わたしを――わたしたち全員を――危険から救い出してくれると。

なんてばかだったのだろう。自分以外の人間を信じるなんて。何度失望したら、わかりきった教訓をわたしは学ぶの？

シニョーラ・ギャロに注意を戻した。「じゃ、あなたの経験はわたしのものとそっくりね。そっちのベッドで意識を取り戻すまでのことは、何も覚えていないのでしょうね――」

「ノー、違う、違う！」彼女があまりにも激しく首を振って否定したのでベッドが揺れた。「わたし、馬車の中で目が覚めた……たぶん、布が外れていた。あの悪い男に押し込まれた馬車にいた」

「一人きりで？」突然、わたしは希望を覚えた。「窓の外が見えた？　どれくらいの間、馬車に乗っていたの？　どこに行くかわかった？」

「わたし、一人じゃなかった。違う。彼もいた――ケース、ミースター・ケースが」

「チェイスよ」とっさに間違いを訂正した。「彼と話したの？」

「いえ」シニョーラ・ギャロは憤然として頭を上げた。暗がりの中でも目に光が宿ったのが見えた。「わたし、話さなかった――ふりをしていたの、まだ寝ている……」彼女はいびきをかくような音を出して見せた。「あの布、また顔に押しつけられたくなかった。だから、目を閉じて何も言わなかった。何も見ないで。だいたい……十分くらい？　そうしたら馬車が止まって、あの……怪物が……やってきて、ミースター・ケースはわたしをあいつのほうに押して、怪物はわたし、抱き上げると、服の入った袋みたいに運んだ。わかる？」

シニョーラの話によると、彼女は意識のないふりをし続けていたという。とはいえ、もがいたり助けを求めて叫んだりしないでいるのは大いに骨が折れただろう。そして彼女がなすすべもなく、家の中に運び込まれたとき、馬の蹄がカタカタと鳴る音や走っていく馬車の車輪の音が聞こえたという。

わたしは彼女を抱き締めた。「かわいそうに。あなたがどんなことを経験したか、わたしにはわかるけれど、話を聞けてよかった。だって、ミスター・クリーヴィーが牢獄にいる今、チェイスには使用人のほかに手を貸してくれる人がいないというわたしの考えが確かめられたから。使用人って、あなたが〝怪物〟と呼んだ男よ。まわりの人にはコサックとして知られているけれど。あなたを連れ去ったのはそいつよ。それにチェイスがあなたと馬車の中にいたとき、御者をやっていたのはコサックでしょうね。それからチェイスはベルグレイヴ・スクエアまで馬車を御して戻ったのでしょう。一晩じゅう、わたしたちを見張るようにコサックをここに残してね。もしも、チェイスが見張りをつけずに出ていったことがわかってさえいたら。おそらく三十分もかからなかったでしょうけれど――チャンスだったかもしれない」

わたしはため息をついた。鍵を開ける手段がないなら、充分なチャンスでもなかったかもしれないと考えながら。さっきよりもしげしげとシニョーラ・ギャロを見つめた。わたしと同じように彼女の髪も後ろで緩やかな長い三つ編みにしてあった。ヘアピンの影も形もない。重そうな灰色のフランネル地の部屋着には秘密のお宝でいっぱいのポケットなどありそうになかったけれど、尋ねても悪くないだろう。

「もしもヘアピンか、それと似たような小さくて曲がりやすい物があれば、あの扉の鍵を開けられるんじゃないかと思うの」そう彼女に話した。「何か持っている？　ちょっとした宝石とか、そういった物を？」

シニョーラ・ギャロは勝ち誇ったようないたずらっぽい微笑を浮かべ、手を開いてダイヤモンドのネクタイピンを見せた。わたしは前にそれを見たことがあった。チェイスの優雅なシャツの胸元を飾っていたのだ。

「なんて賢いの」感嘆して言った。これ見よがしに大きなダイヤモンドだったが、ピン自体はかなり短くて金でできていた。鍵を開けるのに役立つものとしては、柔らかすぎるかもしれない。でも、それを見てわたしが喜んだ理由はほかにもあった。シニョーラ・ギャロの特別な才能は別の方法で助けになるかもしれないのだ。

「親愛なシニョーラ・ギャロ、その宝石からチェイスについて何かを読み取れる？　彼がわたしたちに何をするつもりか、宝石はあなたに伝えられる？　なぜ、彼はあなたを誘拐したの？　ほかの霊能者を誘拐したのはなぜ？　どうして彼はわたしを求めているの？」

それからしっかりと唇を引き結んだ。一度にたくさんの質問を浴びせて彼女を閉口させるのは良くないとわかっていた。

シニョーラはうなずき、てのひらにあるダイヤモンドに注意を集中させた。最初はうっとりした、瞑想にふけるような表情が浮かんだが、たちまち陰鬱そうなしかめ面になった。

「悪い男」彼女はつぶやいた。顎が上がり、目がぎらぎらと光った。「あいつ、泥棒よ！」

「え？　まあ、その点はすぐにわかるでしょう――彼がなぜ、こんなに多くの霊能者を誘拐したかは知っている？」

「あいつ、泥棒だからよ！」シニョーラ・ギャロはじれったそうに繰り返した。「あいつ、わたしたちが持っているものを欲しがっている。お金や宝石を盗む、普通の泥棒と違う――普通の盗みもやってるけど！　チェイスがわたしたち誘拐するのは、わたしたちが持っている力が欲しいから」

わたしが理解していないと見て取り、彼女はもっと詳しく話した。「チェイスは霊能力の泥棒。わたしみたいな人間を嗅ぎつける――わたしたちに力あれば、あいつにはわかる。わたしがダイヤモンドから何かわかるみたいに！」

わたしはあ然としてシニョーラ・ギャロを見つめていた。チェイスの並外れた能力が何なのか、突然わかったのだ。訓練して使えるようになった催眠術の能力だけでなく、彼には生まれながらに備わった力があった。他人が持つ心霊能力を見つけ出す力だ。

そして彼はそんな能力を人々から盗み出す。それがシニョーラ・ギャロの言う〝霊能力の泥棒〟の意味だろう。

「でも、どうやって？」当惑して尋ねた。「どうやって盗み出せるの、あんな……あんな実体のないものを？」

彼女は肩をすくめ、頭を振った。腹を立てたようなしかめっ面で。「ベルグレイヴ・スクエアであいつがわたしにやったこと、見たでしょう」

「ええ……そうね」わたしはゆっくりと言った。つじつまが合い始めた。「彼はあなたの能力を使って、あなたを攻撃したのね。もしかしたら、何らかの方法で力の向きを変えたのかもしれない。あるいは……」

「あいつ、盗んだの」シニョーラ・ギャロは力を込めて言い、小さなネクタイピンを振ったので、光を受けたダイヤモンドの飾りがまばゆく輝いた。「わたしがあいつから盗むようなやり方でないけど……わたしから盗んでいる。そして盗んで盗んで盗んで、ついには……」倒れ込む真似をして見せた。

「井戸から水をポンプでくみ出すようなものね」わたしは推測した。「最初、井戸にはたっぷりと水があって絶えず湧き出ている。でも、だんだんと減っていって、少しずつしか水が出なくなる。だけど井戸が枯れたわけではないし、いつまでも水が少ないわけではない。やがて回復するから。そして何時間か経てば、水の量は増える」

「水みたいじゃないよ」シニョーラ・ギャロは真面目な顔で訂正した。「血みたいなもの。ケース、血を吸うノミみたい。ちょっとだけ血を吸うくらいなら、悪くない」彼女は手を振った。「ノミ、小さいし、そんなに血を吸えない。でも、あいつは……」手がばたりと下に落ちた。

「はじめてそれ、感じたとき、あいつがわたしに何するつもりかわからなかった。なぜ、あんなに疲れていたかわからなかった。やろうと思ったこと、なぜできないかも。今では、わたし、わかった。今では、この子、わたしに話してくれる」シニョーラ・ギャロはダイヤモンドのネクタイピンを振った。

ダイヤモンドはその持ち主のことをシニョーラ・ギャロに語ってくれ、彼女の能力のおかげで、今やわたしにも理解できた。チェイスは詐欺師で嘘つきで寄生虫だった。彼には〝補助霊〟などいないし、自分では優れた能力など持っていなかった。他人にある霊能力を嗅ぎつける力を備えていることに彼がいつ、どうやって気づいたのかは、シニョーラ・ギャロにもわからなかった。彼女の考えによれば、生まれつきのものではないかという。とにかく、チェイスは奇術師や催眠術師として生計を立てているうちに、若くて愛らしいロシアの王女と出会った。彼女はすっかりチェイスにのぼせ上ってしまった。

このダイヤモンドのネクタイピンは彼女からの贈り物だった。そして彼女は自分の持つ能力をチェイスが利用できるようにしたのだ――愛の贈り物として、自ら進んで差し出したのだった。

「愚かな小さな娘、自分の能力、恐れてた」シニョーラ・ギャロはネクタイピンを握り締め、集中して顔をしかめながら言った。「彼女は一人の男に仕えるため、神が自分を遣わしたと思ってる――あいつに自分を与えているの。彼女、あいつにすべてを与えてる」

「どうしてチェイスは彼女の犠牲だけで満足できなかったの？　なぜ、それだけで充分じゃなかったのよ？」わたしは厳しい口調で尋ねた。「たぶん、貪欲なせいね」

シニョーラ・ギャロはゆっくりと首を横に振った。「ノー、そうではない。わたしがノミの話をしたこと、覚えているね？　ノミが何度か血を吸うの、たいしたことじゃない。でも、ノミよりもずっと大きな何かが血を飲んだら――一度に何時間も、毎晩毎晩、飲んで飲んで飲んだら……」

「つまり、彼が妻を殺しかけているということ？」チェイスがわたしを妻の〝予備〟扱いするようなことを言ったと思い出した――彼の言葉の意味をどんなふうに誤解したかが蘇ってきて、またしても顔に血が上って熱くなった。「でも……彼が妻から奪っているのは血液ではないでしょう――

あなたから盗んでいるのも――」

「血ではないけれど、それでも命。命なの」シニョーラ・ギャロは重々しく繰り返した。

どんな努力や大変な仕事をしても、何かが人から奪われるものだ。それは自然なことだし、休んだり食べたりしたあとは力が回復し、体も心もふたたび活気を与えられる。でも、自然の限界を超えたところまで活動させられたら……破滅しかねないところまで無理強いされたら……おそらくチェイスははじめのうち、自分が伴侶に何をしているか気づいていなかったのだろう。彼は本当に妻を愛していたはずだから。そして妻のほうはチェイスをあまりにも崇めていたから不平を言うこともなく、彼の要求に応えたせいで病に倒れた。見つけたばかりの能力を利用することに有頂天になり、チェイスはナデジダの健康に深刻な、治らないほどの悪影響を与えてしまったのだ。

彼は前途有望な稼業をあきらめようとは考えなかった。妻に負担がかかりすぎるのなら、力の源をほかに求めなければならない。そんなわけで、チェイスは霊能者の誘拐という計画を思いついた。

「このことをパリにいたときに計画し始めたのに違いないわね。ミスター・クリーヴィーに催眠術をかけたときよ」わたしは言った。

「ほかの人たちにも」

「ほかの人――つまり、あの恐ろしいロシア人の使用人にもってこと?」

「ノー、彼は違う。パリで会った人、もっともっといた。今はロンドンに住んでいて、あいつの命令を実行していることに気づいてない人たちが」シニョーラ・ギャロはウインクした。「あいつ、泥棒だと、わたし言ったでしょう。そのとおり。あいつ、宝石も盗んでる」彼女の話によると、クリーヴィー——催眠術にかかりやすい上に、大柄なことや力があることが理由で彼は選ばれた——に加えてチェイスは何人もの若い女性にも催眠術をかけた。今では全員がロンドンのあちこちの家庭でメイドとして働いている——さらに、盗みを働く中には、尊敬を集めているロンドンの既婚婦人さえ一人いるそうだ。彼らはそれぞれ、自分が犯罪行為をしていることにもまるで気づかずに五、六軒ほどの家からダイヤモンドの指輪やネックレスを盗み、それをチェイスの従者に手渡していたのだ。

クリーヴィーはチェイスがミス・ジェソップ——彼女はクリーヴィーを天使だと思った——とド・ボーヴォワール姉妹を誘拐するのに手を貸した。チェイスは催眠術の力を利用してムッシュー・リボーを連れ去り、コサックにシニョーラ・ギャロとわたしを誘拐させた。そう聞いて、わたしははっとした。

「なぜ、彼はわたしを求めたの？」

シニョーラ・ギャロは驚いた顔をした。ぷっと吹きだしたせいで、ベッドが揺れる。「知らないの？」わたしは彼女にしかめ面をした。「ええ、知らないわよ。ダイヤモンドにはわかるの？　教えて」シニョーラ・ギャロは笑うのをやめて、手の甲で目から涙を拭った。「理由は、あなたがあいつの妻と同じだから」

彼女の言葉を聞き、背筋が寒くなった。恋煩《わずら》いを演じる操り人形のように、チェイスの前にひざまずいたときの吐き気がする記憶が蘇った。ややあってからようやく言葉が出た。「どんなふうに？

どんなふうに彼女と同じなの？」

「彼女、自分の力を使っていない――力があること知らなかった。あいつに出会うまでは。あなたも同じ」

彼女の言うことを信じたくなかった。自分に霊能力があるのに、わたしが気づいていないなんてことがあり得るだろうか？　何年もの間、こういう事柄を研究してきた、このわたしが？　とはいえ、自分の経験や、今やチェイスについてわかった真実を否定はできなかった。

チェイスはわたしの潜在的な霊能力を嗅ぎつけた。蚊やノミが温かい血のにおいを嗅ぎつけるように。彼は自分が利用できる力があることを知っていたのだ。

「わたしの能力って何？　何ができるの？」問いただした。シニョーラ・ギャロはどうしようもないとばかりに肩をすくめるだけだった。自分にわかるはずがあるだろうか？　自分はいつも――まあ、ほぼいつもだけれど――持っている力に気づいていたのだから。子どものころでさえも。もっとも、育った家庭が貧しかったので、貴重な品物を扱う機会はめったになかったという。それでも、金や銀や宝石類が彼女に答えようとせず、自分たちの物語を伝えたがらなかったことはまず思い出せないとシニョーラは言った。

こう言えと、チェイスがわたしに伝えたときのことをふたたび思い出した。もしもあれが催眠術だったなら、彼がわたしに言わせたかったことを、なぜ覚えているのだろう？　もし、彼が霊能力をわたしに用いたのなら、それは誰の力だったの？

ジェスパーソンが研究していた武道のことを考えた。エネルギーの流れだの、〝気〟だのといった目に見えない力に頼る武道。そして、自分に対する敵自身の力を利用するという重要な原則を。チェイスがわたしに用いたのはそれだったのだろうか？

階段に足音が聞こえた。コサックの足音のように猫を思わせる軽やかなものではない。

扉がさっと開き、チェイスが現れた。蒼白な顔だが、頬骨の高い部分だけ赤くなっている。

「どこにある？」彼は詰問した。聞きづらいかすれ声は上ずっていた。部屋に入ってきたが、今度ばかりは立ち止まって扉を閉めようともしなかった。疑わしげに細めた目はシニョーラ・ギャロにぴたりと据えられている。「おまえがあれを盗んだんだな。返すんだ、今すぐに！」

彼女は頑なに顎を食いしばって彼をにらみ返した。二人の間には、外からはうかがい知れない無言の戦いがあった。ふいに彼はわたしのほうを向いた。

「もし、あなたがダイヤモンドのネクタイピンを返してくれるのなら、そのほうがいいな、ミス・レーン。自分のベッドに呼んだこのあばずれと親しいようだからな。こいつが泥棒だと知っていたのか？あなたならこの女が盗みを働くのに賛成するまい？　こいつはわたしの財産を盗んだのだ。この女が自分の意思で返さないなら、あなたが取り上げなければならないのだよ。さあ、やるんだ。すぐに。こいつから取り上げなさい」

言い終わると、チェイスは手を動かした。その仕草に、わたしは手首をつかまれて引っ張られたように感じた。

抵抗しようとしたが、手を引き抜こうとすると、なおさら彼が望んでいる動きへ導かれていく気がした。そして意思とは関係なく、わたしの腕はさっと伸びて、気がつくとシニョーラ・ギャロの手をつかんでいた。彼女は困惑して悲鳴をあげたが、まるでほかの人のもののように、わたしの指は彼女の指をつかんだ。怪我をさせそうなこともおかまいなしに、どうあっても彼女の拳を開かせようとしていた。

ダイヤモンドのネクタイピンが現れると。チェイスはさっと飛びついてひったくった。

彼は怒鳴った。「今度こんなことをしたら――わたしから盗むなんて真似をしたら――もっとひどい罰が待っているぞ。これよりもひどい罰が」

その言葉とともに、わたしの手が上がり、シニョーラ・ギャロの頬を打った。二度。

彼女は叫び声をあげ、わたしも大声を出した。痛みは違っても、わたしたちの衝撃は同じだった。

「ああ、シニョーラ、本当にごめんなさい！」わたしは叫んだ。

「これを教訓にするんだな、二人とも」チェイスは出ていき、音をたてて扉が閉まった。

J・J・ジェスパーソン氏の個人用手記から

やむを得ず、ミス・Fに秘密を打ち明けることにした。ぼくの優れた仲間としてALが持っている多くの資質がミス・Fには欠けているが、まともに理解してくれるし、驚くほど勇敢だ。大胆とさえ言っていい――強い性質を持った女性だ。誘いかけるような態度をとられるのは迷惑だが、見て見ぬふりをするすべは学べるだろう。

助手としてミス・Fを選ぶつもりはなかったが、彼女はなかなかうまくやっている。CCについてあらかじめぼくが警告したこと（シニョーラ・Gを怖がらせるよりは、ミス・Fに打ち明けたほうがいいと感じたのだ）をただありがたく受け入れるのではなく、ミス・Fはぼくに要求した。もっと何かやるべきだし、できるはずだし、やらなければならないと主張して。ぼくが見張りをすればいいと彼女は提案した。ミス・Fたちが泊まっている建物を見張り、CCが現れたらあとをつけろと――馬車を借りる費用を出すとまで申し出てくれた。

彼女は誘拐を阻止してくれと頼むのではなく、CCのあとをつけて、連れ去った者たちを隠している場所を見つけてくれと言ったのだ！（彼女はALがさらわれて以来、ぼくが何もしていなかったと思ったのだろうか？）それは不要だと説明するしかなかった。拉致された者たちが閉じ込められている家はもう謎ではないのだ。彼女の名誉のために言っておくと、ぼくがまだ警察に知らせていない理由を理解してくれた。CCに対するミス・Fの嫌悪はあまりにも激しく、彼が逃げそうな可能性を一切許す気がなかったのだ。それで……どうやって〝わたしたちは〟彼を捕まえるの？と。

そんなわけで――〝わたしたち〟ということになっている。公演が行なわれる夜、とらわれの者たちを救出するつもりだ――ぼくに手を貸してくれる人たち（少なくとも、もう一人は協力者が必要だ）があいつのまさに鼻先から、囚人をすばやく連れ去る。その間、ぼくはあいつが舞台を離れないように見張る。拉致されていた者たちがいったん警察に事情を話したら、逮捕は速やかに行なわれると当てにしてもいいだろう。だが、その前に、ぼくはCCを観客の目の前で辱めてやるつもりだ。この偉大な〝霊能者〟がいかにペテン師かをあばいてやる。あいつに屈辱を与えてから、鎖につながれて連行されるようにするのだ。

彼女の名字に因んだ動物（狐《フォックス》）に似て、ミス・Fは賢くて大胆だ。自分が保護している霊能者（そして同宿者）が次の犠牲者だと確信すると、彼女は昼に仮眠し、夜は見張りを続けた。

だから誘拐が起きたとき、彼女は狸寝入りをしていただけで、しっかりと目を覚ましていたのだ。薄目を開けた状態でミス・Fは見ていた。コサックが部屋に忍び込み、気の毒なシニョーラ・Gを抱えて運び去るのを。

彼らがいなくなったとたん、Fは起き上がって窓のところへ行った。下の通りで馬車が待っていたのも、その扉にB卿の紋章がついていたのも見たし、CCが御者をやっているのにも気づいた。CCはすばやく御者台を下りてコサックと交替し、誘拐した霊能者を馬車に押し込んだ。Fはできる限り詳しくあらゆることに目を留めた。そしてこれらの〝悪魔たち〟について法廷で不利な証言をすることを楽しみにしている。

ミス・FはCCによる誘拐の裏にあるものについて漠然と、だが身の毛もよだつような想像をたくましくしていた。生贄といったことだ。彼女を落ち着かせるため、ぼくの理論を説明してやった。

中国では〝気〟と呼んでいるもの――それは人間の体に生まれつき存在するエネルギーまたは生命力で、全宇宙を巡っている。中国人はこの〝気〟を利用する哲学だけでなく科学も発展させた。そして〝気〟を感じたり確認したり用いたりする、さまざまな方法を持っている――効果的に使われることが多いが（たとえば、医術に）、生命のあらゆる面である〝気〟は西欧のほとんどの地域では知られていなかったり、理解されていなかったりという状態だ。

ぼくははじめて外国へ行ったときのことを覚えている――やっと八歳というころだった。父はまだ存命だったが、健康がすぐれなかった。ぼくたちはもっと父の健康を改善する気候を求めていて、イタリアのあまりぱっとしない海辺で冬を過ごすことになった。そこでぼくは同じ宿《ペンシオーネ》に滞在していた新婚夫婦に注意を引かれた。彼らと話したことは一度もなかった――たぶん、ハンガリー人だったただろう――が、ぼくはこっそりとこの夫婦を観察していた。夫と妻の外見がはなはだしく違うことに興味を引かれたのだ。彼らは仲が良くて愛し合っていたし、めったに離れなかったが、これ以上ないほど見た目は異なっていた。妻は若くて生き生きして美しかった。夫は――実際には花嫁よりもほんの数歳上にすぎなかっただろうが――痩せてはげていて、年よりも老けて見えた。何日も何週間も経つうち、二人の違いはいっそう目立つようになった。妻は食べ物や新鮮な空気のおかげで健康的で、花が開くように体格も良くなっていったが、夫は小さくなって老いていった。彼女は妊娠《エンサント》していた――お腹が膨らむにつれてますます事実がはっきりした――し、彼は明らかになんらかの消耗性疾患で死にかけていた。だが、子どもっぽい無知と、残忍な話への好みが結び合わさって、ぼくはもっと非現実的で恐ろしい説明を考え出していた。彼女は夫を食べていると想像したのだ。毎晩毎晩、夫から命を吸い取るたびに彼女は太っていくのだと。唯一の疑問は、夫がそんなことを許しておく理由だった。彼女はなんらかの黒魔術で夫を支配していたのか？　それとも、自分が死にかけていても、夫は気づかなかったのか？　愛に酔い、結婚によって致命的な取引をしてしまったことがわからなかったのだろうか。犬の頭に付いたダニのように、妻が自分の血を吸って太っていることに一度も気づかなかったのか。ぼくはどうやって彼を救おうかと計画を立てたことすらあった。どうやったら妻が怪物だとあばきだせるだろうかと——運がよかったのは、ぼくが恥ずべき行動をとらないうちに彼が亡くなったことだった。とはいえ、今でも、物事がもっとよくわかるようになった今でさえも、あの太ったきれいな妻のことを思い出すと、ぼくは身震いする。夫が埋葬されたときに薔薇色の頬を涙で濡らし、似合わない未亡人用の服に身を包んだ彼女。それからほんの数日後に出産することになった、彼女のお腹が突き出していた様子を思い出すと。

ぼくが〝気〟について説明し、それがCCの企みを明らかにするのにどう役立つかと話し終えないうちに、Fは先回りして叫んだ。「まあ、じゃ、あいつは吸血鬼じゃないの！　霊能力の吸血鬼だわ。血ではなく、彼は人間の魂を吸っているのよ。または、あなたなら〝気〟と呼ぶものをね。あいつは霊能者たちにエネルギーを失わさせ、それを使って彼らを攻撃しているのよ——または自分の目的のために使っているのね。ベルグレイヴ・スクエアでわたしたちもこの目で見たように。かわいそうなフィオレルラ、あのときの彼女は疲れ切って話すこともできなかったわ。その間、あいつは頭がおかしいノミみたいに踊っていたのよ！」

疑問。CCは霊能者たちの力を吸い取っている——そのために、彼は選ばれた者たちを誘拐した。だが、どうしてALを？

Fは答えを知っていると確信していた。彼女の目は宝石みたいにきらめいていたのだ。

ぼくは〝気〟が自然すべてに存在し、あらゆる人間に見られるという話を繰り返したが、何の役にも立たなかった。〝気〟という点で、霊能者が特に優れているわけではない。もっとも、CCは霊能者が持つ生命力がより優れていると信じているかもしれないが。あるいは、霊能者からは〝気〟を盗みやすいと知ったのかもしれない。Fはぼくの話をさえぎった。「ダイは霊能者なのよ！　わたしはいつもダイが敏感だと言ってきたわ。でも――まさか、霊能者だったとはね！」

　Fはぜひともぼくに同意してもらいたがっていた。だが、ALの部屋には霊的な力がかなり満ちていたことを感じ取っていたものの、ぼくは何も言わなかった。考えていたのは、ミス・Lがこんな会話をどんなに不愉快だと思うだろうかということだけだった。彼女に霊能力があるかもしれないなどという、ぼくたちの推測を――だから、もしも彼女にそんな力があるとしても、透聴力とか、同時に二箇所に存在《バイロケーション》できる力ほどの強いものでないことを願うばかりだ。あるいは、友人をひそかに探ることができるような便利な力を持っていないことを――ぼくはFの興奮した思いつきに釘を刺すような返事をした。CCを倒して、拉致された者たちを助けるための計画に集中することに時間を割いたほうがいいと。自由の身になったら、ミス・Lは何らかの説明をしてくれるかもしれない。

第二十六章　学んだ教訓

わたしは〝敏感だ〟とか〝直観力がある〟とか、褒め言葉のつもりで言われたことは何度かあったが、自分ではそんな主張をしたことなど決してなかった。それに成功した仕事については、徹底的な観察のおかげとか、合理的な思考を発揮したせいだと考えるほうが好ましかったのだ。わたしが知るかぎり、霊的な力をお持ちでは、とほのめかした人はいないし、自分自身もとにかく霊的と思われる力を経験したことなど一度もなかった。たいていの人と同じように、相手が言おうとしていることを〝わかって〟しまったり、思いがけない訪問者や手紙が来ることを予期したりしたことは何度かあった。でも、このようなささやかな予知の行為は、科学で説明できないものだとはいえ、あまりにも普通のことだから、特にわたしに限られた能力でもない。

けれども、チェイスはわたしを霊能者の収集に加えたのだ。シニョーラ・ギャロの説明は、彼が嘲笑って答えなかった理由を埋め合わせてくれた。

あとで暗闇の中で横たわり、もう一台のベッドから聞こえてくる穏やかないびきのおかげで、以前の孤独な牢獄に意外な安らぎが与えられていたとき、ふと考えた。もしもチェイスと出会わなかったら、わたしは霊能力があることなど全然気づかずにいただろう、と。並外れた精神力を示す、催眠術をかけられた人々についての数多くの研究のことを思った――人の思考を読み取ったり、遠くで起こっている出来事が見えたりといった能力だ。それは当初、「動物磁気」とかメスメリズムと呼ばれていた。現代では催眠術という名で知られているが、催眠状態を引き起こすことは以前よりも科学的にまともだと見なされている。透視能力やテレパシーと結びつけて議論されることはあまりない。それでも、催眠術が霊能力と関係があるという証拠は存在している。

チェイスはわたしの中にある霊能力を発揮させることができるのだと、急に思い当たった。そして催眠術で支配下に置く行為によって、わたしの力を自分に取り込むのだと。催眠術にかからなければ、彼にとってわたしは何の役にも立たないだろう。

霊能力の使い方をわたしが学べば、チェイスにもっと抵抗できるのでは？

シニョーラ・ギャロの場合を考えてみればいい。わたし自身、彼女がどんなふうに犠牲者にされたかを目にした――彼女自身の力が、彼女を攻撃するものに変えられたのだ――ベルグレイヴ・スクエアでの交霊会で。さらに今夜の早い時間、チェイスの正体がわかったあと、彼女は彼の命令になんとか従うまいとした。実際、彼女がネクタイピンを握っていられたのはほんの数秒だったが、それを取り戻すためにチェイスはわたしを利用しなければならなかった。シニョーラ・ギャロと意思の戦いを続けて負ける危険を冒さずに、チェイスはわたしを使ってふたたび支配権を主張したのではないだろうか。

　わたしが彼にとって理想的な武器になったのは、無知と練習不足のせいだった。でも、抵抗が無駄ではないともうわかった。シニョーラ・ギャロがどうやって抵抗できたのかを知りたくて、これ以上少しも待てなかった。起き上がってランプをつけると、彼女のところへ行き、そっと揺すって目を覚まさせた。

　シニョーラ・ギャロは驚いて混乱しており、理解させるまで、やや時間がかかった。ようやく話がのみ込めると、彼女は自分が何もしなかったと言った。シニョーラ・ギャロは本能的な霊能者なのだとわたしは悟った。自分の行動を理性的に把握することはほぼないか、皆無だということだ。計画なんかなかった、と彼女は答えた。なおも返事を迫ると、彼女はダイヤモンドを信じたのだと言った。ダイヤモンドは彼女を〝好きだ〟と言い、彼女のもとを離れて不快な男のところへ戻りたくないと言い張ったのだと。とても気に入った宝物たちに自分が意志や意識を与えるというのが、シニョーラ・ギャロのささやかなおとぎ話だった。

　これがシニョーラ・ギャロのやり方なのだ。選ばれた人々にしか与えられない能力を持っていることを自覚していたが、彼女はそれを自分で支配するものとは見なしていなかった。彼女は自分が切望する宝石類のほうも、自分に引かれているという子どもっぽい考え方をしていた。そうした宝石類には彼女に話したい物語があり、それを聞くことができる自分は世界でもごくわずかな人間の一人なのだと。このことがシニョーラ・ギャロの能力の意義だった。それ以上の説明が彼女にはできなかった。彼女はあくびをすると、枕に頭をすり寄せた。

わたしはランプの火を消してベッドに戻ったが、頭はたくさんの考えに占められていて眠りがなかなか訪れてくれなかった。

朝になると、コサックが朝食を運んできた――ポリッジ、トースト、ジャムが入った壺、牛乳、砂糖、そしてポットに入った紅茶。わたしは大胆にも尋ねた。「あとでミスター・チェイスはいらっしゃるの?」――でも、何の返事もなかった。

シニョーラ・ギャロはコサックが話せないのではないかと考えていた――あるいは少なくとも、英語を話せないのではないかと。わたしは主人と使用人がどうやって意思を伝え合うのかわからなかったが、身振りでもかなりのことが通じるのだろうと想像した。

食べている間に(シニョーラ・ギャロはポリッジを鼻であしらったが、ジャムには夢中になった)、尋ねてみた。わたしの霊能力の使い方を教えてもらえるだろうかと。その考えがおかしいとばかりに彼女は声をあげて笑い、自分は誰からもそんなことを教わらなかったと言った――それは持って生まれた能力なのよ。見る力とか聞く力と同じように。どうやって聞こえるか、誰かに教わったことはある?

「いいえ」わたしは言った。「でも、聞くことなら教えられるでしょう――特定の音を選び出すとか、音楽を鑑賞することとかなら」

シニョーラ・ギャロは肩をすくめて指摘した。ある感覚を鋭くさせるとか磨くための助けを彼女に求めても無駄だと。もっと注意深く聞くようにと誰かに教えることができないのと同じだという。耳の不自由な人に、音の聞き方を教えられると思う？

彼女の言いたいことはわかった。

まったくのたわごととして片づける人は別だが、世の中には特別な能力を持って生まれてくる人間がいるものだというのが一般的な意見だ――〝千里眼〟であれ、霊との交わりができる能力であれ。念動とか空中浮揚、物質化現象といった並み外れた能力への霊能者のお定まりの話は、それが霊能者によって力を与えられた死者の霊によって生まれたというものだった。なぜ、死者はそんな奇妙で回りくどい方法――花を物質化したり、ラッパを吹いたり、テーブルを軽く叩いたりなど――で生者とやり取りをしたがるのか。霊能者を通じて直接、話をすればいいのにというのが、霊能力を信じていない人が尋ねたがる疑問だった。

まじめな研究者たちは何十年にもわたって、心霊現象に関する真実を世間に認めさせようとしてきた。だが、彼らが調査をより厳密で科学的に行なえば行なうほど、失敗することが多くなるのだった。科学は結果の複製の上に成り立つし、科学が説明する自然法則と同じくらい信用できる霊能力を持つ霊能者にはわたしも一度も会ったことがない。霊たちが助けになってくれないとか、雰囲気がかき乱されたとか、エネルギーのレベルが低いとかいったことが何度もあった。予感の現象として、

〝危機幻像〟はよく知られていた。テレパシーとか予知といった、たまに起こる小さな活動の多くは実験室で再生できないものだ。

実際、霊能力とは常にどこででも注文して生み出せるわけではない。だからミス・ジェソップのような霊能者たちは失脚してしまったのだ。霊能力が不足したとき、聴衆を失望させるよりはごまかしに頼るほうを選んでしまったから。もし、彼らの能力がもっと当てにできるものなら――または、霊能力をもっとうまく利用する方法を彼らが知っていたら――チェイスは霊能者を誘拐したことを隠しておけなかっただろう。捕まえた者たちを監禁し、縛ったり猿轡を噛ませたりさえできたとしても、霊能力を使えなくさせる明らかな方法などないはずだ。ムッシュー・リボーが物質化現象で有名だったことはわたしも知っていた。だったらなぜ、友人の一人に伝言を送らなかったのだろう？毎晩のように開かれるロンドンじゅうの交霊会に参加する人が誰も、警告を受けなかったのはなぜ？チェイスが秘密の場所に半ダースもの霊能者を閉じ込めている、危険で邪悪な男だと、なぜ警告されなかったのだろう？

わたしは霊能力の存在を疑ってはいなかったが、それが役立つのかどうかについては疑問に思った。その日ずっとチェイスが現れなかったことは残念だった。彼がわたしの力をどう使うのかをまた観察する機会を待っていたからだ。それを見れば、もしかしたら、わたしも使い方をいくらか理解できるかもしれない。

ふたたびコサックがやってきて野蛮で手荒な仕打ちをされないように、午前中のほとんどは扉のそばで過ごした。何か聞こえないかと耳を澄まし、ときどき鍵穴から外を覗き、話を始めようとするシニョーラ・ギャロをいらだたしい思いで黙らせながら。とうとう台所から料理道具を扱う音が聞こえ、玉ねぎを炒めるかすかなにおいがしてくると、コサックに聞かれないだろうという確信が持てたので、やってみることにした。

何度か扉を短く叩き、廊下の向こうの部屋にいる女性たちの注意を引こうとした——同じように扉を叩く音が返ってきた。初期のころの霊との交流方法をあまりにも連想させられ、わたしは微笑した。でも、ノックによってアルファベットをお互いに伝え合うこと——または「ノック一度はイエス、二度はノー」とすることさえも——は時間がかかりすぎるし、大声を出すのと同じくらいの危険性があるだろう。階上からノックの音がやたらに聞こえてくれば、大声をあげるのと同様に望ましくない注意を引いてしまうに違いない。

だから、わたしは鍵穴に唇を近づけて彼女たちに声をかけた。急がなければならないけれど、知らせたい情報があるのですと。そしてできるだけ明確に、しかも時間をかけずに説明した。わたしたちがとらわれている理由を見つけたのだと。

向こうの部屋の空気がかき乱され、彼女たちが一様に驚いていている様子が伝わってきた。すると、ミス・ジェソップの声がした。「まさか、あの人自身には何の力もないというのではないでしょうね？　どうしてそんなことがあり得るのでしょう？　だって、彼がやってみせたことを、わたしたちは見たじゃありませんか！」

「彼はあなたがたの力を引き出すことによって、ああいったことをやったのよ」わたしは答えた。「そのことを覚えておいてください。力を持っているのはあなたがた——わたしたち——なのよ。彼の唯一の能力はほかの人が持つ霊能力を嗅ぎつけること——そしてそれを盗むことなの。彼はみなさんよりも自分のほうが力があると思い込ませるような手を使った。実際は——」

「でも、そんなことあるはずないわ」はっきりした高い声で異議を唱えたのはド・ボーヴォワール姉妹の一人だった。「ミスター・チェイスはとても力があるのよ——恐ろしいくらいに。催眠術師としては——」

わたしは彼女の話をさえぎった。「彼に催眠術の心得がいくらかあることは否定しません。でも、催眠術師は相手が術にかからせてくれるから、力を出せるだけなの。みなさんにはこのことを知っていてもらいたいんです。催眠術から身を守れるように。あなたがたは彼に抵抗できる——わたしたちはみんな、抵抗する力があるのよ。このことを考えてみてください。彼はあなたがたの力を欲しくてたまらないのだと。そしてみなさんの力は彼の力よりも優れているから、抵抗することができます」

姉妹の一人が反対意見を言いかけたが、わたしは黙らせた。「言い争っている時間はないの。お願いだから、今言ったことを考えてください。悲観的にならないで……彼にあまりにも易々と屈してはいけません。力を合わせれば、わたしたちは彼と対等に渡り合える——彼に勝てるのよ！　だからこそ、彼はわたしたちを別々にさせているのかも。さて、急いで話してちょうだい。ムッシュー・

リボーはどうなったのですか?」

ミス・ジェソップは彼の名を聞いたことがなかったし、ド・ボーヴォワール姉妹は一度しか会ったことがない、若いフランス人の霊能者の名前をすぐには思い出せなかった。彼女たちが彼についての情報を知っているとは、わたしもあまり期待していなかった……たとえ、チェイスが〝部屋を分けて力を抑える〟という方法を取っていなかったとしても、若い男性を三人の婦人と同室には入れなかっただろう。

もしかしたら、リボーはこの家のどこかにいるのかもしれない。もっと体の自由を奪われた状態で——鎖で壁につながれているとか、縛られて猿轡を噛まされているとか。リボーがあまりつらい監禁状態に置かれていませんようにと祈った。でも、コサックにされたことを思い出してしまい、危険な会話を急いで終わらせた。わたしが言ったことを覚えておいて、希望を捨てないようにとみんなに促しながら。

「あなたがたは無力じゃないのよ。それを忘れないで」

元気づけるような声を出そうとしたけれど、本当の話、わたしは希望を持つにはほど遠い心境だった。ジェスパーソンはどこにいるの? ジェスパーソンを全面的に信頼していたが、三日経っても、彼はまだわたしたちを助けられないのだ。

その日、わたしはシニョーラ・ギャロにとって楽しい仲間ではなかっただろう。ほとんどの時間、自分の考えにふけっていた。心の中で、自分がガウアー街の家にいるのだと想像しようとした。すでにあの家の部屋はわたしにとってあまりにも馴染み深いものに――とても愛するものに――なっていたから、心に呼び起こすのは造作もなかった。

けれども、心に見えているものが、単なる想像の産物以上のものだとは自分を納得させられなかった。たとえ、わたしが亡霊のように、驚愕した相棒や彼の母親の目の前にどうにか姿を現せたとしても、何の役に立つだろう？　わたしがさらわれたことはわかっているだろうし、ジェスパーソンなら犯人が誰なのか簡単に推測できたはずだ。自分がどこに監禁されているかわからないのだから、彼らにこの場所を教えることはできない。

ジェスパーソンだったら、今ごろまでにわたしを見つけているべきだ。もしもわたしが自由の身だったら、ここを突き止めていたに違いない。レディ・フローレンスに始まって賃貸の仲介業者にいたるまで、さまざまな噂話をたどり、この家の玄関に行きついていただろう。または、チェイスのあとをつけることも、ミセス・チェイス――わたしは彼女が警告するつもりだったのかどうかと、まだ悩んでいた――を問いただすこともできたはずだ。それにアーサー・クリーヴィーがいる――ジェスパーソンだったら彼に催眠術をかけて、あの夢遊病者の心の奥に埋もれている知識を探れただろう。ジェスパーソンは本当にあらゆる点で失敗したのだろうか？　どうして、わたしはまだとらわれの身なの？

出てきた結論は陰鬱なものだった。

チェイスが囚人を隠した場所をジェスパーソンが見つけられないとは信じられないから、発見したことに基づいた行動を相棒がとれないのだと推測するしかなかった。もっと恐ろしい運命が振りかかったせいで、ジェスパーソン自身も捕まってしまったのか。

わたしは絶望の波に押し流された。

第二十七章　舞台は整った

翌日の遅い時間、退屈をまぎらわそうとしてフィオレルラとじゃんけんをして遊んでいたとき、外に馬車が止まった音がかすかに聞こえた。わたしは言った。「もしかしたら、ようやくチェイス様がわたしたちをご訪問あそばすということかもよ」

彼女はにやりと笑ってウインクした。「ああ、あなたも予知能力があるね！」

予期したというよりは希望的観測で言ったものの、間もなく家の中のほかの場所からも物音が聞こえ、誰かが到着したことがうかがえた。それに続き、間違えようのない階段のきしむ音が聞こえると、わたしは自分がなにげなく言ったことが現実になったと知った。

彼は称賛の言葉を待ってでもいるかのように、しばらく部屋の入り口に立っていた。両腕にいくつもの箱を抱えている。それからわたしの目をじっと見据えて言った。「ミス・レーン、新しい服を持ってきましたよ。お手数だろうが外出する支度をしてくれたまえ。できるだけ急いで。十五分後に迎えに来る」

わたしのベッドの足元に箱を置くと、チェイスは部屋から出てまた鍵を掛けた。

「わたしの物、ないの？」シニョーラ・ギャロのほうが箱に近づくのが速かった。わたしも急いでそばに寄ると、彼女は箱を開けて、薄紙に丁寧に包まれて詰めてあったものを全部取り出し始めた。

どれもみな――下着、ストッキング、ドレス、外套、靴――最高級の品で、わたしの寸法に合わせて作られたらしかった。チェイスは女性の体型を目で測れるに違いない――単にわたしの思考から体の寸法を引き出したのでなければだが。チェイスに体型を推測されたことに落ち着かない思いで身震いし、彼がわたしに対して持つ力に嫌悪を覚えたものの、こんな新しい服を見て喜びを感じたことも告白しなければならない。さんざん着た寝間着を脱ぐことができてほっとしたし、これほどおしゃれで仕立ての良い衣装に着替えられるのは確かにうれしかった。

ボタンなどを留めるのを手伝ってくれたが、フィオレルラはその間もずっと小声で文句を言っていた。自分は無視されている、と。そのとき一瞬、恐怖を感じた。単調な監禁生活だったから、何らかの変化がありそうなことにわたしは興奮していた。でも、自分は連れていかれるのに、仲間は残るという事実が不安だった。

柔らかい子山羊のなめし革製の靴の紐をちょうど結び終えたとき、鍵穴に鍵が差し込まれる音が聞こえ、チェイスが現れた。帽子の箱を持っている。彼はそれとともに、台紙に留めてあるヘアピンを渡してよこした。

「十分もあれば、髪型を整えるには充分だろうな?」

ふたたび髪を結い上げることができるのは、なんともほっとするものだった。ようやくわたしは病人のような気分でなくなった。帽子は流行の型だったが、並外れて長くて重いヴェールがついていた。それを折りたたんで上げようとまだ四苦八苦していたとき――帽子用のピンがないので難しい作業だった――チェイスが戻ってきた。

たちまちフィオレルラは何が起こっているのかと問いただした。ミス・レーンをどこへ連れていくつもり? どうして、わたし、残らなければならない? わたしのための新しいすてきな服はどこ?

チェイスは彼女を無視した。注意深くわたしを見つめ、気に入らないとばかりに声をあげた。

「ヴェールを下ろさなければだめだ」彼は言った。「きちんとつけるんだ。顔を見られてはならない」

チェイスが話しているうち、わたしの意思に彼の意思がわずかに触れたような感じがした。無理やり行動させられるよりはと、急いで言われたとおりにした。

チェイスは満足そうに微笑した。「それでいい。さあ、行こうか」

「わたしも連れていくね!」フィオレルラは叫び、扉へ突進した。

チェイスの顔から笑みが消えて無表情になった。と思うと、小柄で哀れなフィオレルラは床から浮き上がり、目に見えない力で部屋の奥へと押しやられた。

「ああ!」わたしはぞっとして叫び、向きを変えた――向きを変えようとしたのだ――けれども、全身の筋肉がこわばり、動くことができなかった。

動かせたのは目だけだった。チェイスを見た。わたしの目を見返した彼の目は暗く、視線は突き刺すようだった。わたしはチェイスが自分のごく小さな部分を送ってくるという、おぞましい空想をした。彼の一部は、わたしたちが見つめ合ってできた道を滑るように進んで、まっすぐわたしの心の中に入ってくる。その場所から彼はわたしのあらゆる動きをこれからもずっと支配するのだ。抵抗しようとしたが、戦おうとすればするほど、いっそうしっかりととらえられてしまった。無理やりチェイスから目をそむけさせられ、振り返らずに階段を下りていかされたとき、言葉にされない彼の強烈な喜びをわたしは感じた。

〝フィオレルラ！〟心の中で声をあげた。〝ごめんなさい！〟

チェイスが立ち止まって扉に鍵を掛ける音を聞きながら、わたしは階段を下り続けていた。彼はやや時間をおいて、あとをついてきた。何も案じることはない、彼の意思にそむくようなことはわたしにできないと満足した様子で。

逃れられなかった。チェイスがわたしにとらせたがっている行動しかとれない。自由になるのは不可能だった。体はあまりにもしっかりと彼に縛り付けられていたので、チェイスの手脚が自分のもののような気がした。わたしは心の中で叫んでいたが、確信していた。たとえ重いヴェールの下にある顔を誰かに見られたとしても、そこには苦悩の色など微塵も現れていないだろうと。

玄関の外で馬車が待っていたが、手を貸してもらって乗り込む間、チェイスに頭を下げさせられ、きれいな新しい靴を履いた自分の足に視線を向け続けるしかなかったので、わたしは何も見ることができなかった。

「さあ、おまえ」彼はささやいた。「乗り心地が悪くないといいのだが？」

チェイスの口調からわたしを自分の妻と御者に信じ込ませるつもりだと推測した。ということは、御者はチェイスを知っているのだろう。たぶん、ベニントン卿の使用人かもしれない。わずかな希望が心の中に湧き上がった。御者の注意を引き、何かおかしいと思わせるような意外な行動をとればいいのではと考えたのだ――声をあげられたらいいのに。さっと顔を上げて、手足をばたばたさせられたら……御者を驚かせることができるなら何でもいい。彼が噂話の種にできるようなことをやったら、状況を理解できる誰かの耳に話が届くかも……

けれども、それは無駄どころの話ではなかった。何かしようと――何でもよかった！――必死になればなるほど、わたしはチェイスの意思の力にいっそう強くとらえられるのを感じた。御者からは絶対に見えない馬車の奥の席に収まったころには、胸のまわりに鉄の帯が巻かれたような気がしていた。戦いをあきらめて息をすることしかできなかった。

馬車が音をたてて走っていく中、わたしと並んで腰を下ろしているチェイスは無言だったが、自分に満足しきっているのがわかった。彼が勝利を大声で叫んでいるかのようにはっきりと。彼は自分の主張を通したのだ。わたしは彼の意思に勝てる望みがなかった。チェイスの力のほうがわたしの力よりも強いから。

でも、チェイスが振るっているのは本当は彼の力ではない。わたしの力なのだ。彼はわたしがわたしを攻撃するように仕向けている。

ふいに、ジェスパーソンが中国から持ち帰ったという小さな土産を思い出した。それが書棚に載っていたので目に留まったのだ。乾燥させたイグサで編まれた原始的な筒型の物だった。「これはフィンガートラップだ」ジェスパーソンは言った。「両端にそれぞれ人差し指を入れてみたまえ。で、引き抜こうとしてみろ」

指を引っ張ると、編まれた筒がきつく締まる。引っ張れば引っ張るほど、いっそう指は筒にしっかりととらえられてしまうのだ。

「こいつは中国式手錠という名でも知られているよ」彼は言ったのだった。

とても愚かな人か、ひどく怖がりの人でなければ、このおもちゃから指を引き抜く方法がわかるだろうとわたしは思った。引っ張れば筒が締まるなら、その反対の行動は筒を緩めることなのが明らかだ。指を引っ張って力を込めるのではなく、力を抜いて、筒が緩むまで中に指を突っ込まなければならない。

「勝つためには降伏しなければならない場合もある」というのが、この単純な玩具が示している知恵の一部だった。ジェスパーソンはその理由を示してくれたのだ。

わたしの全本能はチェイスに屈服して従うという考えと戦っていた。服従するふりをするというのは一つの方法だ。正直なところ、あらゆる抵抗をあきらめるのは許しがたいことだった。

でも、寛いだふりをしても、わたしの指はフィンガートラップから抜けなかった。イーディス・ジェスパーソンは息子が――あるいはわたしが――攻撃したときに、屈服したふりをしたのではなかった。彼女はほかの行動をとったのだ。イーディスはわたしの力をそらすことを利用して、わたしを攻撃していた。さっと脇へ動くことによって。一方、わたしはありもしない抵抗を予期しながら突進していったのだった。

イーディスがわたしの力を利用して攻撃したのと同じことをチェイスもやったのだ。わたしはチェイスと戦っていると想像していたが、自分自身と戦っていた。中国式手錠に指を取られてもがいていたとき、自分の行動のせいで抜け出せなかったのと同じように。

馬車が止まった。窓から外を見て、狭い路地にいるのがわかった。扉があり、その上には明かりに照らされた看板が出ていた。「楽屋口」と書いてある。

もちろん、そうだった。捕まってからの日を数えていたのに、わたしは今夜がその晩だと忘れていたのだ。有名な霊能者のクリストファー・クレメント・チェイスが〈アルハンブラ〉の舞台に登場する夜だということを。今では、彼が成功を確実にするためにわたしを利用するつもりだと察しがついた。

チェイスは馬車の扉を開けて外に出ると、わたしを振り返って手を取ろうと片手を差し出した。彼の意思が働いていることが感じられた。彼は支配権を握ろうと努力しているのだ。あまりにも慎重になっていて、手を借りずに馬車から降りるといったごく小さな自由すらわたしに認めまいとしていた。

わたしは彼の望みどおりに動いた。チェイスの手を取り、助けを借りて馬車から降ろされるままになったのだ。悪あがきするような無駄骨は折らなかったけれど、わたしは彼の操り人形でもなかった。自分の意思で馬車を降りたのだ。確かにチェイスの命令どおりの行動はとったが、それはわたしの選択だった。彼に無理やり手足を動かされたのではなかった。チェイスが何をさせたがっていたかはわかったし、それをわたし自身でやったのだ。とても些細な違いではないかと思われるかもしれない。結果はどっちみち同じだろうと。でも、わたしは違いを感じ取っていた――チェイスのほうは感じなかっただろうが。チェイスは抵抗にぶつかることに慣れていて、そこから力を引き出していた。その力を利用して、彼はわたしを言いなりにさせていたのだ。今はそれが起こっていなかったけれど、チェイスは変化に気づかなかっただろう。起こってほしいと思っていたとおりのことが起こっているだけだと、考えていたはずだ。

あとになってもっと考える余裕ができたとき、わたしはチェイスが過程よりも結果を気にかけているのだと結論づけた。彼自身の力についての理解は、シニョーラ・ギャロが自分の力を理解している程度のもので、たいしたことはないと。チェイスは疑り深い性質だが、期待どおりの結果を与えてやれば、だますことができるだろう。

だからわたしはチェイスの奴隷のふりをして、自分を欺いているだけでなく、彼もだませていることを願った。

楽屋口の扉がある壁には体格のいい若者がもたれていたが、わたしたちが近づくと、さっと身を起こして礼儀正しく帽子に手を当てて敬礼した。

「こんばんは、チェイス様！」

「こんばんは、ロリー。何も異常はないか？」

「はい、ありません」

「あちこち嗅ぎ回ったり、質問をしたり、中に入ろうとした者はいなかったかね？」

「いいえ、おりません。しかし、そんな奴らがいたら、厳しく言って追っ払ってやりますよ！　ちゃんと命令を受けてましたから、誰も中には入れないですよ。旦那様と一緒の者でなくちゃ」

「上出来だ。よくやった。妻を連れてきたのだ」――チェイスはわたしの腕を握る手に力を込めた。従わせようとさせるお馴染みの仕草だった――「舞台装置を見せるためにね。たぶん、わたしたちは正面の扉から出ていくだろうが……正面を警備しているデイヴも、裏口を守っているきみと同じくらいよくやっているといいが」

よかったと口では言いながら、誰も質問に来なかったと聞いて、チェイスはあまりうれしそうではなかった。それがわかったのは、わたしの感情が彼の感情ととても密接に結びついているせいかもしれない。わたし自身、絶望に近いほど強い失望感を味わっていたのだ。ジェスパーソンの身に何が起こったのかと、またしても考えながら。

「拍子抜けするくらい、何も言わないのだな」建物に入ったあと、チェイスは言った。

「話してほしいと願っていたの？」

彼は軽く鼻を鳴らし、わたしの肘にそっと触れて狭い通路へ導いた。「女のおしゃべりにとって、男の〝願い〟が重要だったことなどあったかね？」

「良い会話は気の合う相手によって生まれるものです」

「ほ、ほう！　あなたはそう見せたがっているほど従順じゃないのだな」

わたしはぼんやりと明かりに照らされた、冷え冷えとした通路で立ち止まり、彼に向き合った。「あなたはわたしを奥様だと見せたがっているようですけど」ヴェールをちょっと押し上げようとして苦労したが、あきらめて帽子ごと脱いでしまった。

彼はくつくつ笑った。「念のため、少しばかり間違ったことをみなに思わせておくのだ。将来は、あなたもわたしとおおっぴらに旅ができるかもしれないがね」

わたしは身震いした。「いいえ、お断りよ」

彼の微笑は凍りついた。「そうしてくださいと、あなたに懇願させることもできるのだ」

わたしは目を伏せて頭を下げた。服従の仕草を見せて彼の怒りをやわらげられることを願いながら。「わかっています」

それで充分だった。わたしが敗北したという証拠を見て、チェイスの気分が良くなったことが感じられた。「こっちだ」さっきよりも優しく彼は言った。「我々の舞台装置を見せてやろう」

わたしたちは劇場の地下の部分を進んでいた。そして彼は〈アルハンブラ〉の大きな舞台へわたしを導いた。わたしはかつて一度か二度だけ、観客としてここに入ったことがあった。バレエを観に来て、はるか後ろの観客席に姉と両親と座っていたことを思い出した。

「わたしの作品を見たまえ」チェイスは演説するような調子で言い、もっと普通の口調になった。「この神々を見るのだ――あなたが観客の気持ちでこれを見る機会はもうないだろう。入場料を払う価値があるものだよ」

チェイスが大きく腕を振って見せた方向へ視線を向けた。舞台装置はおそらく古代ギリシアの神殿を象徴しているのだろう。まぶしいほど白く塗られた古典的な形の柱が何本も並び、その背景には紺青色の空、岩、海を従えた丘が描かれていた。だが、全体の中でもっとも人目を引くのは古代の神と女神の、そびえたつ六体の彫像だった。鮮やかな色に塗られた彫像はそれぞれ高さが二十フィートはあるだろう。アルテミス、アポロン、アテナ、アフロディーテ、ヘルメス、ゼウスの像だった。

「わたしの助手たちだ」彼は言った。狡猾な微笑と、わたしをまたじっと見つめる目つきから理解できた。木と漆喰で作られた彫像の内部は空洞になっていて、誘拐された霊能者たちが隠れるのに必要な余裕があるのだろう。交霊会で広間にあった心霊キャビネットの目的もこれと同じだったに違いない。中にはチェイスの妻が隠れていたのだろう。力を与えられるくらい、彼女がチェイスのそばにいるために。

オリンポスの神々のうちのどれがわたしのものかを見抜くには、たいして突飛な想像力はいらなかった。派手に塗られた彫像の顔をざっと見ただけで、双子の神のアルテミスとアポロンはアメリアとベデリアのド・ボーヴォワール姉妹に割り当てられると推測できた。賢いアテナにはミス・ジェソップが入るのだろう。移り気な策略家のヘルメスにはシニョーラ・ギャロ。そして髭のあるゼウス――男性であることが唯一、明瞭な像――はムッシュー・リボーのためのものに違いない。

「観客はこのような古代の神々がわたしを通じて活動し、彼らの力をわたしに与えるという想像をかきたてられるだろう」

「死者の霊たちはあまり感動を与えないということ?」

「意地悪な言い方をしないでくれ、ミス・レーン。もちろん、霊たちもいるとも。だが、これは少しそれと違う――わたしにふさわしいものだ。何しろわたしは並みの霊能者とは違うのだからな。わたしの公演をあなたが見られないのは残念だよ……だが、あなたには舞台裏で役目を果たしてもらう。とても重要な貢献をしてもらうよ」チェイスはポケットから懐中時計を取り出し、時間を見てから蓋をピシャリと閉めた。「あなたと一緒にいるのは素敵なのだが、我々はしばし別れなければならない。わたしは準備を終えなければならないからな。あなたは自分の場所につくのだ、アフロディーテ」

わたしに視線を据えたまま、チェイスは興行師よろしく、わたしがそれに因んで名づけられた女神のそびえたつ彫像のほうへさっと手を振った。彼の仕草とともに、彫像は動いた。彫像がこちらにばったり倒れるのではないかと思ってたじろいだが、すぐに自分がばかみたいだと感じた。彫像は倒れるのではなく、前面が開いたのだ。

彫像はキャビネットのように、前の部分が蝶番で接続されていた。空洞になった内部は黒っぽいサテンの布で覆われている。わたしの衣装と同じ色。棺桶を連想したが、それから電話ボックスみたいだと思った。

チェイスに指示されたら従っただろうが、彼は何も言わなかった。今では不愉快なほどお馴染みになった、心の中で促す声がした。前に進めと――わたしはいつになったら学ぶのだろう？――たちまち抵抗し、体をこわばらせてしまった。ためらいの行為が自分に跳ね返ってきた。今やとても抵抗できないほどの力が生まれ、わたしは舞台を飛ぶように横切り、サテンで覆われた彫像の空洞へ飛び込むしかなかった。わたしを待っていた、クッションの効いた座席へと。

「居心地が悪くなければいいのだが？」耐えがたいほど気取った微笑だった。またしても、わたしは自分の敗北に手を貸してしまったのだ。返事をしないでいると、彼は言葉を続けた。「ぴったりと閉め切られた暗闇の中は退屈だろう。だが、一人きりなのはほんの数時間だ。そのあと、あなたには果たすべき役割がある。今は休むがいい。眠れ。休め……目を閉じて……寛ぐのだ……」

チェイスは催眠術でわたしをトランス状態にするつもりだったのだろう。でも、わたしが反抗的だと感じただろうし、あまり時間がなかったのか、急いで事を運ぼうとしたらしい。わたしはチェイスの第六感に自分の第六感が求められていることがわかるようになっていた。この感覚を言い表すのは難しい。絵を描いて表すなら、蛇の絵を描くかもしれない……あるいは、もろい原生動物の頭から伸びた触角が、何か実体のないものを探し求めてわたしのほうへ闇雲に突き出しているところを――霊がにおいを探しているような姿だ。いったんにおいを嗅ぎつけたら、それはわたしを追いかけて探し当て、互いの意思は一体化する。逃れるための唯一の機会は触れられないことだ。相手から逃れ、身をかわす。何度も何度も。心理的に、または霊的にいろいろな手段を使って切り抜け、わたしは彼に触れられないようにした。でも、追跡はいつまでも続くわけではなかった。チェイスはすでにわたしの魂の中に入っていたのだ――まるで小さな部屋に二人で閉じ込められているかのように。そして結局、彼は必ずわたしを自分のものにする。

それは時間の問題にすぎないのだが、今度ばかりは時間がわたしの味方になってくれた。チェイスは急いでいて、立ち去りたくていらいらしていた。わたしがそう長くは彼を避けられないことを知っていたに違いないが、必要なだけの時間をかけようとしなかった。それ以上何も言わず、無言の戦いなどなかったかのように、また、こうするのが自分の意図だったとでもいうように、チェイスは彫像の前面の部分をつかむと、さっと閉めたのだった。

たちまち、わたしは暗闇の中にいた。差し金が滑ってはまる音が聞こえ、閉じ込められたのだとわかった。

でも、とらわれの身だとは感じなかった。それどころか、この何日間かではじめて、自由を手にしたように感じた。相変わらずチェイスの囚人なのは確かだけれど、もう彼の奴隷ではない。ブーツの音が鋭い音をたてて腹立たしげに遠ざかっていくのを耳にして、わたしは悟った。たった今、自分が無力ではないし、チェイスに完全に支配されているわけではないことを彼にもわたしにも証明して見せたのだ、と。

J・J・ジェスパーソン氏の個人用手記から

CCは正面玄関と楽屋口の扉に警備員を置いていたが、屋根の扉のことは考えもしなかったと見える。ぼくは好きなようにそこから出入りできた。

シムズが仲間になってくれた――彼は親切にも自分の雑役夫を貸してくれた。大工で、とても手際のいい仕事をしている。公演の前にCCがもう一度、舞台装置を調べたとしても、影像たちの一部がどのように変わったか、気づかないだろう。

手品と演出法と優れた創作力に関する本を何冊も借りて読んだので、ぼくはなかなか見事な目くらましを作成できている。宙を飛ぶ練習もしている――インドで旅芸人の一座と一緒だったとき、こんな道具があればよかった。そうしたら、ぼくは神として崇められただろうに。

CCはどんなものに襲われるかを知らない。

さあ早く来い、公演の時間よ。

第二十八章　神からの光景

最初、わたしが閉じ込められている場所は相当な暗闇だったが、一、二分もしたら目が慣れてきた。ちょうど目のあたりの高さに二箇所、明るい点があることがわかった。さわってみると布きれがあり、上の端部分が糊付けしてあった。布をめくってまぶしさにぎょっとし、まばたきして目が慣れるまで待たなければならなかった。もう一度見てみると、二つの覗き穴は慎重に木の部分をくり抜いて作ってあり、舞台がよく見えた。

この発見はうれしかった。おかげで、幽閉状態も耐えやすくなったけれど、チェイスが以前に言ったことを思い出して驚いていた。わたしには公演が見られないと、ほのめかしていたんじゃなかった？　でも、彼が人を欺くことや情報を隠すことが大好きなのはわたしもわかっていた。

時が経っていった——一時間か二時間だろう——すると突然、何人かが舞台裏にやってきたらしい大きな物音がして、わたしは耳をそばだてた。いくつもの足音が次第に近づいてきて、誰かが舞台に上がった音が聞こえた。覗いてみると、おそろいの黄色のドレスを着たかわいらしいほっそりした若い娘が二人見えた。手を取り合ってゆっくりと歩いている。彼女たちのすぐ後ろには青いドレスに身を包んだ、盛りを過ぎた独身女、ミス・ジェソップがいる。それから——その姿を見て、わたしは鼓動が速くなり、思わず身を引いた——コサック。

落ち着こうとして息を吸い、もう一度身を乗り出して覗いた。小柄なフィオレルラ・ギャロはどうしたのかと思ったとたん、コサックが彼女を胸に抱いていることに気づいた。フィオレルラはコサックの上着と同じ、濃赤色のドレスを着ていたのだ。ぴくりとも動いていなかったが、彼女は無意識状態ではなかった。目は閉じていたものの、全身をこわばらせて口を引き結んでいることから、彼女が状況を完全に把握し、我慢できないと思っている様子がうかがえた。フィオレルラは逃げようとしたのだろうか。抵抗を試みたせいで、ロシア人の強靭な腕に洗濯物の袋さながらに抱えられて逃げられない状態になっているのかもしれない。ほかの三人の女性がこれほど従順に歩いているのは、フィオレルラがどんな目に遭ったかを見たせいだろうか。それとも、彼女たちは催眠術をかけられているの?

ブーツの踵が床に打ち付ける、自信に満ちた足音が聞こえてきたが、次に舞台に登場したのは見知らぬ人間だった——乱れた服装の若い男が足を引きずりながら、よろめいたりふらついたりする哀れな姿で現れたのだ。痣ができて血がにじんだ苦悩に満ちた顔を見て、わたしは同情とともに恐怖を感じて息をのんだ。写真で見た顔とは別人のようだが、これは失踪したフランス人の霊能者、ムッシュー・リボーだろう。自分をとらえた人間に彼がどんなに抵抗してきたか、そして今も戦っていることは一見して明らかだった。抵抗すればするほど、自分に対するチェイスの力が増すことを知らずに、死ぬまでリボーが闘い続けるかもしれないと思うと、わたしは胸が張り裂けそうだった。

チェイスが完璧な夜会服姿で舞台へ近づいてきた。ネクタイできらめいているダイヤモンドのピンよりも目を輝かせながら。彼がどんなに楽しんでいるかが見て取れた。とらえた者たちから力を引き出しながら、相手に苦痛を与えることでさらに喜びを得ているのだ。

ムッシュー・リボーは自分を前に進ませる目に見えない力に抵抗しようと、苦痛を伴う無駄な努力をしているせいで体を震わせていた。チェイスは芝居がかった仕草で手をさっと振り、よく響く大声で言った。「あの神々が見えるかな？　彼らでさえ、わたしが命令すると応えるのだ。開け！」

そびえたつ木製の彫像の前の部分が一つ一つ開いていき、サテンの布で覆われた空洞が現れた。わたしがいる彫像以外は。わたしの前の木の扉が震え、掛け金がカチャカチャ鳴ったのはわかったが、扉はしっかりと閉まったままだった。

チェイスの命令を無視した彫像が一つあるのはなぜかと、尋ねる者はいなかった――状況に困惑しすぎて、そんな些細なことを気にする人はいなかったのだろう――けれども虚栄心の強いチェイスは、彼の力が完璧でないかもと疑われかねない危険を冒そうとはしなかった。だから慇懃な口ぶりで言った。「アフロディーテだけは、秘密を保つためにさしあたりは開けないでおく。だが、見てわかる通り、神々はあなたたちを待っている。ミス・アメリア、アポロンの像の中に入ってくれるとありがたいのだが？　そして、ミス・ベデリア、彼の双子の妹、アルテミスの中の席で寛いでいただけないか？」

それぞれのキャビネットに張られたサテン地はそこに入る予定の者たちのドレスと同じ色だった。わたしが見ていると若い二人の娘は素直に像に登って中へ入った。ミス・ジェソップも、アテナの中に入るようにと指示されると、少しも騒がなかった。シニョーラ・ギャロには命令にそむく機会など与えられなかった。前面が開いたヘルメスの真紅の覆いをチェイスが指差すと、コサックはシニョーラ・ギャロを運んでいってその中に下ろした。彼の主人は意地の悪い笑みを浮かべて言った。

「ヘルメスは幸運と旅人の神だが、盗人たちの神でもあるのだよ、シニョーラ」

今や舞台に残ったのは黒いスーツを着た哀れなムッシュー・リボーだけで、黒い布で覆われたゼウスの内部のみが無人だった。

「もっとも強力な神を最後に残しておいたのだ。神々の王であるゼウスが、つかの間の休息場所をあなたに提供してくれるだろう、わたしの友人《モナミ》。中に入ってくれないか？」

今度ばかりはムッシュー・リボーも言うことを聞いてほしいと思いながら、わたしは不安な気持ちで見守っていた。抵抗し続けても無駄だと、いい加減にリボーも気づいていいはずでしょう？　彼は何を得られると思っているの？　何も学んでいないのだろうか？　この若いフランス人の男性がどれほど抵抗しても、自分をとらえている者に勝ったことは一度もなかっただろうと、わたしは賭けてもよかった。立ち向かおうとするたびにリボーは罰せられただろう――ぼろぼろになった気の毒な顔が示していた。それでも、彼の頑固な自尊心は主張していたのだ。自分は決して屈するまいと。

リボーはじっと立っていたが、全身の筋肉はわなわなと震えていた。チェイスは不当な扱いをされたと言わんばかりに芝居がかったため息をついたが、腹を立てているのではなく、喜んでいるようだった。またもや自分の力を見せつける機会ができてうれしいのだろう。

「あなたは自分を傷つけるだけだよ」チェイスが言うと、ムッシュー・リボーの右手がさっと上がり、自分の顔をぴしりと叩いた。最初は右、それから左と。

「言われたとおりにしてくれないか？」

叩かれたせいで顔の傷口が開き、口の端に血が細く流れ落ちた。けれども、頑なに食いしばった顎を緩めずに、ムッシュー・リボーは首を横に振った。

「公演の前にはなはだしくわたしに力をふるわせて、疲れさせようという魂胆か？――ロンドンでのわたしのもっとも重要な仕事の前に？もし、そんなことを考えているなら、間違いだ。わたしには相当な力のたくわえがあるのだ。あなたの相手をしたからって、どうということはない」チェイスの声は低くなり、表情はいっそう険しく、邪悪になった。「もう一度だけ言う。中に入れ」

怯えたような顔つきだったが、リボーは臆病ではなかった。愚かなほどの自尊心を哀れだと思ったものの、わたしはその勇気と意志の強さに感服せずにはいられなかった。どれほど見当違いではあっても。リボーは高らかに言い放った。「ぼくはおまえの奴隷ではない」

チェイスは微笑した。「ああ、だが、あなたは奴隷なのだ。わたしが満足を得られる間は奴隷なのだよ。もしも、あまり面倒を起こしたり、わたしを喜ばせることができなくなったりしたら、あなたは死んだ奴隷になるだろう」チェイスは片腕を上げ、手を開いて鉤爪さながらに指を曲げ、何かを投げるような短い仕草をした。「行け！」

目に見えない強い力がリボーを驚かせたかと思うと、彼を抱えて、前面が開いた彫像へと進ませた。リボーの頭はサテン地で覆われた座席にぶつかり、キャビネットの背後の堅い木の壁が割れる音が聞こえ、わたしはたじろいだ。ほかの女性たちからはハッと驚く声があがった。リボーは目を回し、白目をむいた。まぶたがピクピクと震えたあと、彼は目を閉じ、座席の横に崩れるように倒れた。

たいていは平然とした表情のチェイスの顔が怒りで一瞬ゆがんだのを目にして、わたしは彼が自分にいらだっていることを知った。かなり多くの力を使ってしまったのだ。意識を失った霊能者は役に立たないのかもしれない。

でも、次の瞬間にはチェイスは自制心を取り戻して片手を振り、キャビネットの前面は閉じてしまった。だから、髭面の強力なゼウスが眉をひそめて劇場を見下ろすばかりとなった。ほかの神々のキャビネットも順に閉まっていき、チェイスが計画した奇跡のために力を与える霊能者たちの姿は隠れてしまった。

とはいえ、チェイスが思ったほど、ことは簡単ではないかもしれない。ムッシュー・リボーが治らないほどの怪我をしていませんようにと願わずにいられなかったのはもちろんだが、少なくとも公演の前半の間、彼は意識を取り戻さないかもしれないのだ。それにフィオレルラは自分を防御するすべができているのではないかと、わたしは推測した。あまり自信過剰になってもいけないけれど、チェイスとのさっきのやり取りから、わたしも彼に抵抗できるかもしれない。ずっと抵抗し続けるのは無理でも、彼の行動を邪魔して、速度を遅らせ、自分の能力に少し自信をなくさせることができるだけでも充分かもしれないのだ。もし、それによってチェイスの力があまり驚異的ではないように見えてしまい、現代でもっとも偉大な霊能者だと観客が納得しないなら、彼はアメリカへ出発するのを遅らせるかもしれない。チェイスがロンドンに滞在するのが長くなればなるほど、わたしたちが脱出して彼が逮捕されるチャンスは増える。

　チェイスがこちらを向いたのが見えて、慌てて覗き穴の布を下ろし、身を引いた――わたしの視線を彼がとらえる機会を与えてはならない。わたしの目を見るためにチェイスが覗き穴を開けたに違いないと思い当たった。チェイスがわたしを支配するには目をまともに見る必要もないが、実際に見えたほうが催眠術をかけやすいのだろう。

　チェイスは像の外でわたしにしか聞こえないほど小さな声で言った。「たった今起こったことを、あなたが見られなくて申し訳ない、ミス・レーン。わたしに逆らおうとした者にどんなことが起こるかという有益な手本を見逃してしまったな」

　どうして彼は、閉じ込められているこの像の向こうを見る手段がないふりをしているのだろう？　わたしがまだ秘密を見つけていないと思ったの？　それとも――チェイスが知らないということはあり得るだろうか？　誰かほかの人が覗き穴を開けたとか？

そう思ったとき、息もできないほどの希望がこみ上げた。

「ミス・レーン？」

チェイスの声には不安の鋭い響きがあった？　わたしは息を詰め、返事をしなかった。ややあって、前に描写した触覚のようなものを感じた。わたしがいるかどうかと探っているのを感じる。暗い家の中でかくれんぼをした経験を思わせた。チェイスが鬼だ。鬼はわたしが近くにいると思って、すぐさま見つけられると期待しながら、両腕を広げて大胆に歩いている。でも、わたしは息を殺し、鬼が動いてくる音を手掛かりに、鬼が近づきすぎるたびに脇へ逃げる……

かくれんぼでは、隠れている相手がそんな行動をとることを鬼は知っていて、動きを示す音にやはり注意深く耳を傾ける。相手を捕まえるために――けれども、チェイスはそんなことを考えなかった。手を伸ばすだけで、わたしを見つけ出せると思ったのだ。不可解なほどわたしの存在感がないことに、彼は警戒心をかきたてられていた。

スライド錠が外され、閉じ込められている彫像の前面が大きく開いた。急に光の洪水にさらされ、わたしは目を細くした。

「ミス・レーン。なぜ、返事をしなかったのだ？」

わたしはまばたきし、あくびをしてみた。

「眠っていたのか？」

軽く眉を寄せてチェイスに目を向けた。できるだけ不思議そうな表情をしながら。「あら……そうよ。眠っていたと思うの。眠るようにとあなたが言ったから」

「ああ。そうだったな」チェイスが安心したのか、それとも、わたしの態度に怪しいところがあると思ったのかはわからなかった。「結構。だが、このあと数時間は目を覚まして、注意を怠らないでいてもらわなくてはならない。起きていてもらう必要はあるが、静かにしてもらおう」わたしの目に視線を据えつつ——逃げるには遅すぎた——彼は身を乗り出し、ゆっくりとこう言いながらわたしの唇にそっと人差し指を当てた。「一言も話すな」

チェイスが身を引くなり、わたしは質問しようと口を開いた——公演の間、舞台に呼び出されるのかどうかと尋ねるつもりだった。自分の無邪気さをさらに強調するつもりで——けれども、声一つ出てこなかった。

チェイスは嘲りを込めた微笑を浮かべて首を横に振った。「わたしが言ったことを覚えているかな？　あなたは一言も話せないのだよ——公演が終わるまでは」

第二十九章　公演の始まり

暗闇の中で静かに座って待った。

わたしがいる彫像の外、ここから離れた舞台でのゆっくりと劇場が息づいていく音が聞こえてきた。最初は無作為な物音がときおり聞こえるだけだった。遠くからの話し声や大声、笑い声、足音、何かが動き回る音。

オーケストラが到着した。楽団員がオーケストラ席のそれぞれの場所についた音、楽器の調律をする音が聞こえた。それから間もなく、観客が現れ始めた。始めはぽつりぽつりと、それから絶え間なく、そして最後には奔流のように。人々のくぐもった声、かすかなざわめきが幕の向こう側から聞こえた。

ときおり舞台に足音がいくつか響いた。その中にチェイスのブーツの踵がたてる自信ありげな足音は聞き分けられなかったが、覗き穴を覆った布を持ち上げて外を見る勇気はまだなかった。何かが違うと警戒して、チェイスがここを調べにこないかと怖かったのだ。覗いたとたんに彼と目が合い、見つめ返されることを思うと、背筋がぞくぞくした。公演が始まって、何百もの目が舞台に注がれるのを待ってから覗いたほうがいいと思った。もしも彼を驚かせたら、その驚きはわたしに跳ね返ってくるだろう。

誰かはわからないが、ほかの誰かに話している声がした。劇場は満員で、当日券を求める奴らが追っ払われたってさ、と。そう話している男の声がすぐ近くから聞こえたので、わたしは彼の注意を引こうと考え、叫ぼうと口を開いた。だめだった。わたしの声帯はチェイスの命令によってまだ封印されていたのだ。彫像を叩くことならできたに違いないが、なぜそこにいるのかをわたしがその舞台係に説明できなければ、助けは得られないだろう。チェイスは近くにいるはずだし、彼の「助手」の「神経が」どうとかいう話をでっちあげて、ふたたびわたしを閉じ込めるはずだ。わたしは握っていた拳を開いた。

「彼は街の噂になっているぞ」もう一人の男が言った。「彼は本物だと言われている。奇術師ではなくて、奇跡を行なう人間だと。しかも、すべてを霊たちの助けで行なっているんだ」

「霊だって？」最初の男が言った。「あいつはそいつらをそう呼んでいるのかい？　異教の神だよ、本当は。もし、そいつらがキリスト教信者でないなら、うちのおやじだったら悪魔と呼ぶところだぜ」

「英国国教会だけが神様を独占しているわけじゃないんだ。チェイスはアメリカ人じゃないか――」

「だからって、あいつがキリスト教信者ってことにはならねえ」

「かもしれない。だが、今夜の公演が終わったら、彼はアメリカに帰って自分の宗教を始めるらしいぞ」

わたしは暗闇の中で目を見開いた。もう一人の男はくつくつ笑った。「まさか、嘘だろう？　まあ、あいつが成功したら、今夜は歴史に残る一夜になるってわけだな」

舞台係たちは去ってしまった。オーケストラが劇の『コルシカの兄弟』の「幽霊のメロディ」を演奏し始め、それが終わると幕が上がった。わたしは覗き穴を覆っている布を持ち上げて外を見た。舞台に立つクリストファー・クレメント・チェイスだけに照明が当たり、まわりは暗闇に包まれていた。

「紳士淑女のみなさま」彼は言った。「ようこそ。今夜、みなさまの前にこうして立てることはわたくしの名誉であります。そして奇跡を目撃できることは、みなさまにとっての名誉となるでしょう――とても不可能だと多くの方がおっしゃるような奇跡です。しかし、みなさまのまさしく目の前、この舞台で奇跡が起きるのと同様に、奇跡は本物なのです。どれほど信じがたいことに思われましても、何の仕掛けもございません。わたくしはただの奇術師でもなければ、手品師でもありません。実を言えば、わたくしは決して自分を手品師とは呼ばないでしょう。今夜みなさまにお目にかけるつもりの力はわたくしのものではなく、霊界からの贈り物なのです――わたくしには理解できない何らかの理由から、この物質世界につながるために霊たちはわたくしを選びました。わたくしは――」

すさまじい雷鳴が鳴り響き、彼の口上を邪魔した――それは梁のところで作られた舞台用の雷鳴だった。衝撃を受けたチェイスの表情から、不快な驚きだったことがうかがえた。

チェイスが気を取り直してさらに言葉を続けるよりも早く、二回目の稲妻が舞台の彼の後ろで光った。青白い亡霊のような姿が現れ、チェイスの数フィート後ろを漂ってから左へ動いた。観客はどよめき、驚いたりおもしろがったりしている者たちのあげた声がさざ波のように広がっていった。滑稽だった。チェイスはどうやら亡霊に気づいていないらしかったからだ――観客から「ほら、後ろにいるよ!」という声が一斉にあがりそうな、パントマイムを思わせる瞬間だった。

だが、ふたたび上のほうから雷鳴さながらの音が聞こえてきた。轟くような大声が叫んだ。「愚かなる小男よ! いかさま師! 詐欺師め! 霊たちはおまえを拒絶し、力を与えることも拒んでいるぞ!」

それはジェスパーソンだった。ゆがんだ声だったが、わたしは彼のものだとわかって喜びで胸が膨らんだ。そのとたん、理解できた。ジェスパーソンは今ここにいるのだ。チェイスの計画を壊すための準備を慎重に進めながら、早くからいたに違いない。わたしのためにこの彫像に覗き穴を開け、舞台に〝亡霊〟が現れるように装置を手配していたのだろう。亡霊がいるような錯覚を生むさまざまな方法を、わたしは姉から習ったことがあった。もっとも一般的なのは大きな透明ガラスを一枚使って、照明を注意深く配置し、観客の視線を計算した仕掛けだ。

チェイスもこの状況をすぐさま理解したに違いなかった。最初の驚愕の一瞬が過ぎると、彼は振り返って背後の幽霊のような半透明の姿に目を留め、透明ガラスがどこに置かれているかを正確に突き止めたらしく、トリックの一部を用いて反応した。

オーケストラ席から金属製のシンバルが飛び上がり、うなりをたてて宙を飛んだかと思うと、ガラスにぶつかった。強く当たったため、ガラスは粉々に割れて舞台に飛び散った。破片のいくつかは並んでいる彫像に当たり、雹が降るような短くて鋭い音をたてた。

「詐欺師ですと?」ガラスが壊れて亡霊が消えると、チェイスはうなり声をあげた。「あなたこそペテン師ではないか。こんな安っぽい芝居がかった手口を使うとは!」

「確かに、ぼくは舞台用の奇術を使っている。正直に言うよ。だが、おまえが霊の力と称しているものは嘘だ。おまえが使っている唯一の力は、ほかの人間から盗んだものなのだ」亡霊は消えたが、声は厳しい調子で轟いており、どこから聞こえてくるのかわからなかった。わたしが見ていると、チェイスの視線は舞台のあちこちを動いていたが、従順そうな舞台係の少年に目をやり、頭で合図して侵入者がいそうなほうを指し示した。

言うまでもなく、観客にとっては何もかもが公演の一部だった。彼らはこの争いがチェイスの指示と主導権のもとに作られた芝居だと想像していたのだ。

「姿を見せろ!」チェイスは叫んだ。「面と向かってわたしを非難したらどうだ?」

芝居がかった間があいたあと、上から男が降りてきて、宙に浮いたまま舞台上をさっと横切った。全身黒づくめで、髪までも毛糸の帽子に包まれており、暗がりに隠れているには好都合ななりだった。男はチェイスの前を通りすぎながら黒革の手袋で彼の顔をすばやくはたいて大声をあげた。

「われ弾劾《ジャキューズ》す！　おまえは盗人で詐欺師で臆病な偽善者だ」

　観客はあえいだりうめいたりしていた。この展開にわくわくする喜びを感じていたのだ。彼らの場所からは飛行用のワイヤーが見えなかった。

　チェイスはぽかんと口を開けたまま、攻撃してきた相手をにらんでいた。そのころにはわたしのところから見えない場所にチェイスが行ってしまったので、観客があえぎ声をあげたり、忍び笑いをしたり、好意的に口笛を吹いたりしているのがなぜかわからなかった。だが、またジェスパーソンが見えてきた。両手それぞれにフェンシング用の剣を持って、チェイスに近づいている。

「決着をつけようか？」

　チェイスはすばやく動いて、ほうられた剣の柄頭をどうにかつかんだが、顔をしかめると、嫌悪の表情でそれを大げさな身振りで投げ捨てた。「あなたはわたしを侮辱したのだ」彼は叫んだ。「だから、武器の選択権はわたしにある」

「お好きなように」宙にいる男がさっと手首を返すと、彼の剣は消えてしまい、拍手が少し起きた。「おまえの選択は？」

　チェイスの唇は邪悪な笑みでゆがんだ。わざと間を置いてから言う。「霊能力だ」

　目の前の舞台で繰り広げられる劇的な状況に圧倒されてはいたが、わたしは背後から聞こえる何かをひっかく音やきしむ音を漠然と意識していた。すると、涼しい隙間風を感じ、切迫した口調でささやく声がした。「ミス・レーン、助けに来ましたよ。どうか立ち上がって前にかがんでください。

わたしが後ろの部分を持ち上げたときに倒れないように」

声に命じられたとおりにした。あっという間に、わたしはとらわれていた彫像の後ろから優しく引っ張り出されていた。彫像の後ろの部分は切り取られていたが、前の部分は舞台とその向こうの観客の前にそのままの形で向いている。観客とチェイスには何か変化があったとは思えないだろう。アフロディーテの彫像のおかげでわたしの姿は隠れていた。

彫像はわたしが舞台を見るのに邪魔にもなった。だから観客が拍手している理由がわからなかった。ようやく助けてくれた人を目にして、わたしは仰天した。ミスター・シムズ。ジェスパーソンが借りているガウアー街の家の大家で、ミセス・クリーヴィーの兄だったのだ。

彼は唇に人差し指を当て、自分について舞台を降りるようにと身振りで示した。

舞台の袖でわたしは立ち止まった。とらわれているほかの人たちが気になって、それ以上進みたくなかったのだ。なんとか声を出せないかと必死になり、彼に伝えた——

ミスター・シムズはわたしの腕を軽く叩いて小声で言った。「大丈夫ですよ。ほかの方たちは無事に逃げています。あなたが最後です。心配しないでください、ミス・レーン。終わったのですよ」

彼の言葉を聞いて肩の荷が下りた気がしたし、今では話ができることがわかった。でも、まだ終わってはいない。

拍手が静かになると、チェイスは言った。「あなたはいかさまの手を使って観客をどうにか喜ばせたが、わたしはどんなトリックを使ったか見せろとは言わなかっただろう、ジェスパーソン。あなたが決闘を申し込んできたから、武器として霊能力を使うべきだと提案する——わたしが持っているふりをしているだけだとあなたが侮辱した力を。だが、ここでの偽善者はあなただけだ。それを戦いの中で証明してやろう。さあ、降りてくるのだ、主人のところへ」

笑い声が轟き、ミスター・シムズに腕を引っ張られて出ていこうと促されてはいたが、わたしは何が起こっているのか振り返って見たい気持ちを抑えられなかった。ジェスパーソンは立った姿で宙に浮いていた。何もないところで易々とバランスをとり、両腕を組んで、まるで生意気な妖精みたいな顔でにやにや笑いながらチェイスを見下ろしている。「だが、なぜ、ぼくが降りていかなくてはならないのかな？　おまえの有名な能力には空中浮揚もあると聞いたが。上がってきたらどうかな、チェイス？　空中での決闘はおまえの演技を見る特権のために金を払った、良き観客たちにとって格好の見ものだろう」

チェイスは顔をしかめた。額には汗が浮かんでいる。明らかに居心地の悪さを感じているのだ。「しかし、あなたが浮いているのは人工のトリックのせいだ。あなたには霊能力などない」

「おまえにもないだろう、チェイス。おまえはいかさま師だ。だが、ぼくは——」

「だが、あなたは思いあがっているな、ジェスパーソン！」

チェイスの声の調子が変わっていた。悪意に満ちた勝ち誇ったものになっていたのだ。彼は自分への自信を取り戻していて、それとともにわたしにも変化が現れた——とらわれの数日間に認識できるようになっていた圧迫感を覚えたのだ。自分が大きな間違いを犯したことを知った。

「あなたを地上に降ろしてやろう」チェイスは言い、ワイヤーが切れる鋭い音が聞こえた。観客から大きな驚きの声があがった。黒ずくめの男が空中から落ちてきて舞台の床にぶつかったのだ。

　チェイスは声をあげて笑った。倒れた敵を満足げに眺めている間、わたしを捕まえているチェイスの力は一瞬緩んだが、それで充分だった。一人では動けないほど弱っていたけれど、ミスター・シムズがわたしを引っ張り、どうあっても連れ出そうという決意を込めて抱え上げんばかりにしたので、彼と行動をともにすることができたのだ。

「公平とは言えないな」ジェスパーソンの声が聞こえた。宙から落下したのではなく、列車から降りたばかりであるかのように冷静で穏やかな口調だった。「決闘の作法によれば、一方が武器を選んだら、もう一方は場所を指定できるそうだよ」

　お馴染みの彼の声が背後から聞こえてきて、どんなにほっとしたことだろう。公演を観るためにとどまろうとした愚かな行動のせいで、友人にひどい怪我を負わせたのではないとわかったのだから。

　観客からの拍手にまぎれてわたしたちは逃げ出した。楽屋を急いで通っていたとき、ミスター・シムズはすべて大丈夫だと請け合ってくれた。「彼はちゃんと立っていましたよ。たいした軽業師ですよ、あの若い紳士はね。それに彼はたくさんのトリックの切り札を隠し持っている。あなたはよくわかっているでしょうがね、お嬢さん」

　楽屋口へと進んでいる間じゅう、あの邪悪な男の意思にわたしの意思がつかまれて弱体化される感覚をまた味わうのではないかと考えていた。そして、親友に対する武器として利用されるために引き返させられる（わたしが戻ろうとするのを阻止できるほど、ミスター・シムズには力があるだろうか？）のではないかと。

転がらんばかりの勢いで楽屋口の扉から出て、劇場の裏の狭い通りに入ったとき、わたしはガブリエル・フォックスに捕まった。彼女は泣きながら胸にわたしをしっかりと抱き寄せた。「ああ、親愛なるダイ、やっと会えたわ。わたしたちがどんなに心配していたか！」

楽屋口の扉の明かりの中で、わたしは彼女の見えるほうの目を覗き込み、息せき切って尋ねた「安全なの？　もう充分なくらい離れた？」

ガブリエルは勢いよくうなずいた。「この建物の外にあなたがいる限りは――大丈夫だと思うわ。フィオレルラの話によると、チェイスにはあなたが見える必要はなくても、居場所を知っておく必要があるそうよ――しかも、すぐそばにいてもらわなければならないのですって。同じ部屋なら、ほぼ確実ね。でも、もう気にしなくていいわ」ガブリエルはわたしと腕を組みながら、扉から離れた。

「ほかの人たちのところへ行きましょう」

「みんなはどこにいるの？」

ミスター・シムズを置き去りにして、ガブリエルはわたしを連れて寂れた裏通りを歩き、レスター・スクエアに通じる角へ向かっていた。「警察署よ。イーディスと一緒にね。彼らは告訴状を出してもらって、あなたが来るのを待っているの」

わたしたちは〈アルハンブラ〉の正面へ来ていた。かなり多くの人々がまだあたりをうろついている。昼でも夜でも、ロンドンの公共の場でいつも目にするような光景だ――花を売っている老婆、お菓子や葉巻を売り歩いている若い娘、ぼろぼろの身なりをした数人の腕白小僧、ぶらぶらしたり会話を交わしたりしているさまざまな男たち――けれども、立派な外見で服装もいい何組かの男女が所在無げに歩いている姿もあった。劇場の入場券は手に入らなかったものの、ほかに夜を過ごすところが決められないとばかりに。

わたしは立ち止まって正面玄関を見上げた。「でも、彼はまだ中にいるのよ」そうつぶやいた。どうしても不安を拭い去れない。わたしの居場所はジェスパーソンの横なのに、今は自分の存在が彼に最大の危険を与えるとわかって、とてもつらかった。

ガブリエルはわたしの腕をつかむ手に力を込めた。「彼はあの獣とうまく渡り合えるわよ。心配しないで。本物の霊能者が全員去った今、ミスター・ジェスパーソンはまったく安全よ。公演の花形は秘密の武器を失ってしまったわけだけれど、ジェスパーソンはまだ多くのトリックを袖の中に隠しているわ――舞台の下にもね！」ガブリエルは含み笑いをした。「彼は落とし戸を仕掛けたのよ。すべて計画どおりに運んだら、ゼウスが判決を言い渡して、ミスター・チェイスを黄泉の国へ送ることになるでしょうね。それから、警察があのアメリカ人の奇術師を、六人の人間を誘拐して不当に監禁した罪で勾留することになるわ」

ガブリエルはわたしを軽く引っ張った。「さあ、行きましょう。そんなに遠くないわ。あなたが供述を終えたら、警官たちと一緒にここへ戻ってきてお楽しみを見物しましょう」そう誘ったあと、ガブリエルは口をつぐみ、鼻にしわを寄せた。「それとも、来ないほうがいいかもしれないわね。ミスター・ジェスパーソンの話では、どんな状況でも、チェイスの目をあなたやほかの霊能者に向けさせてはいけないとか。あいつに機会を与えてはいけないわ。さもないと、警察に最後のトリックを仕掛けて、まんまと逃げ出してしまうかもしれないでしょう」

わたしはなおも〈アルハンブラ〉の印象的な正面を見据えながら眉を寄せてためらっていた。「もしも観客の中に霊能者がいたらどうなるの？　いるに違いないわよ――自分で使えるように新しいトリックを仕入れたいという人もいるだろうけれど、本物の霊能力を持つ人だっているはずよ。自分でそのことを知っていようと、知るまいと。そして、チェイスは――」

「あら、それなら大丈夫。もし、あいつが知らない人々に霊能力があったとしても、あれだけ離れていれば嗅ぎつけられないでしょう。あなたやわたしが人ごみの中で通り過ぎる見知らぬ人の声や顔を認識できないのと同じよ。あいつがあなたやフィオレルラの力を感じ取ったのは、ベニントン卿のところで二人に会ったときだったわ」

「わたしが自分にあるとも知らなかった力を嗅ぎつけたのよね」わたしはつぶやき、かぶりを振った。「その力がどんなものか、わたしはまだ知らないのだけれど――それに、自分自身で使えないものを、他人がどうやって利用できるというの？」

「心的エネルギーよ」ガブリエルは間髪を入れずに言った。「もうあなたには霊能力があるとわかったのだから、使い方もわかるでしょう。本当にうらやましいわ、ダイ。わたしはいつも思っていたのよ。

あなたとわたしとでは、わたしのほうが第六感を育てられるだろうって」

「じゃ、ジェスパーソンには何もかもわかったのね」わたしは感銘を受けていた。自分の身に起こったことだけれど、ほかの人に説明してほしかったのだ。

「それはもっともあり得ないことだと、彼は言っていたわ……そう考えることに抵抗していたの……でも、最後にはそれしか筋が通る考え方がないということになったのよ。中国の体系とかいったことをすべて話してくれたわ。霊とは明らかに関係ないし、霊能者たちが説明する方法とは違うわね。〝気〟とか呼ばれるものについてだったわ――どこにでも存在する、見えないあらゆる生命力だとか……まあ、わたしにはそんなことわからないけれど、彼が話してくれたときは納得がいったの。自分で彼に尋ねなさいな。ミスター・ジェスパーソンはとても賢い人ね。でも、さあ、このことなら歩きながらでも話せるでしょう」ガブリエルに軽く引っ張られ、今度はわたしも抵抗しなかった。

ジェスパーソンには一つ残らずわかったのだ。彼は今、状況を把握しているし、とても賢い。わたしよりも理解しているのだから、彼の指示に従うべきだ。不安な気持ちにまだ悩まされていた。レスター・スクエアからの距離が遠くなるごとに引き返したい気持ちが強くなっていき、疑念も同様に頭をもたげてくる。ジェスパーソンに疑念など持ってはならないのに。

でも、もしも、あれほど賢明な彼でも何か見落としがあって、そのせいで危険にさらされることになったら？

その感覚がわたしにつきまとって離れなかった。何か忘れているんじゃないの？

「ダイ、わたしの話を聞いているの？」

「もちろんよ」

「心が何マイルも離れたところにあったでしょう。認めなさいな」

「何マイルもじゃないのよ」わたしは異を唱えた。「ただ〈アルハンブラ〉の中に戻っていただけ。今、ジェスパーソンが何をしているか見られたらいいのに」

「彼だって見てもらいたいはずよ」ガブリエルは温かい口調で言った。「違った状況ならね。あなたは〈アルハンブラ〉にいてもいいはずだった。ミスター・ジェスパーソンの勝利を目撃する資格があるわ。でもね、それは危険すぎるの。ミスター・ジェスパーソンはとてもはっきりと言ったのよ。あなたも誘拐されたほかの霊能者も、劇場から離れなければならないと。チェイスに力を与える者がいない限り、ミスター・ジェスパーソンは安全よ」

　ガブリエルがそう言ったとたん、わたしの心に鮮やかな情景が浮かんだ。人形のような顔立ちの愛らしいミセス・チェイス。愛情を込めた目で夫をじっと見つめながら自分の力を貸し、眼下の舞台での彼の勝利を見届けようとしている姿が――彼女ならチェイスを確実に勝たせることができる。

「戻らなくては」

　ガブリエルは目をぱちくりさせてわたしを見た。急に立ち止まらされたことに困惑しながら。「話を聞いていなかったの？　わたしが言ったのは――」

「チェイスに力を与える者がいない限り、ジェスパーソンは安全だと言ったのよね」わたしは言った。

「ミセス・チェイスはどうなのよ?」

「あら、彼女のことなら心配しなくていいわ。外出は一切しないと聞いているもの」

けれども、今夜、夫が大成功する様子を夫人は見逃したくないだろうとわたしは思った。ガブリエルたちが何を信じ込まされようと、どれほどナデジダ・チェイスの体が弱っていようと、彼女が観客の中にいるに違いないとわたしは確信していた。今この瞬間にも、ナデジダは夫に力を貸して、敵を負かすことを可能にしているかもしれない。

わたしは向きを変えると、全速力で〈アルハンブラ〉を目指した。

ガブリエルが追いついてきた。「待って! 戻ってはだめよ!」

「戻らなくちゃ。二人とも戻るのよ――あの女を追い出すために」

「でも……たとえ彼女が劇場にいたとしても、夫がそんなことをさせないでしょう……ミスター・ジェスパーソンが言っていたけれど、夫人の病があれほど重いのは夫が彼女を利用してきたからだって……もし、チェイスが彼女の力を利用し続ければ、死を意味することになるだろうと。だから彼は誘拐を――」

「そのとおりよ。そしてわたしたちを失った今、チェイスはまた妻を利用するでしょう。間違いない!」

「そのせいで妻が死ぬかもしれないとわかっていても?」

わたしたちは広い入り口に到着した。「彼は考えてみようともしないでしょう」わたしは扉を押し開けながら言った。「考えるころには、もう手遅れよ。二人の人間の命がかかっているのよ、ギャビー。危険なのは知っているけれど、チェイスに姿を見られなければ、わたしがそばにいるとわからないかもしれないし、用心するわよ。無駄にする時間はないの。急いで！」

第三十章　神々の没落

入っていったとき、ロビーには人の気配がなくて静かだった。接客係や案内係、切符切り係といった全従業員が著名な霊能者の公演を観ようと、最初の機会をとらえて会場に忍び込んでしまったのだろうとわたしは推測した。

でも、誰もわたしたちを追い出しに来ないだろうと安堵しかけたとき、案内係の制服を着た若者が現れた。気がかりそうな表情だったが、断固とした口ぶりで告げた。入場券は売り切れだし、公演はすでに進行中だと。

相手が若いと見て取ったわたしは、厳しい家庭教師然とした表情で彼に向き合ってきっぱりと言った。「ベニントン卿のご自宅に緊急事態が起こっています。すぐさま卿にお話ししなければなりません」

若者は話を真に受け、閣下に伝言しましょうと申し出た。

「いいえ。わたしが――わたしたちが――個人的に卿とお話しするほうがいいのです」わたしは言った。広々とした人気《ひとけ》のないロビーを身振りで示す。「それに……あなたはここで仕事があるようですね。あなたが行ってしまったら、誰が扉を見張るのですか?」

彼は持ち場を離れられないことに同意した――だが、すぐにほかの者を捕まえて――

「あなたは時間を無駄にしています」叱りつけてやった。「ベニントン卿はあなたのせいでわたしたちが遅れたら、お喜びにならないでしょう。卿がどこに座っていらっしゃるかだけ話しなさい」

ガブリエルはきれいな手袋をはめた手をわたしの手に置いた。「卿のボックス席なら知っているわ」

彼女は言った。「割と最近、観劇にご一緒したことがあるの」彼女がほほ笑みかけると、若者は口をぽかんと開けてあっけにとられたようだった。わたしたちはさっさと立ち去った。

階段を上りながら、わたしはせかせかと言った。「もし、ミセス・チェイスがそこにいたら、外に連れ出さなくては。どうやったらベニントン卿を説得できると思う? 夫人は彼の保護のもとにあるはずよ」

「わたしが卿をどうにかするわ」ガブリエルが言った。彼女の自信が見当外れでないことを願うしかなかった。

入場券は売り切れだったかもしれないが、ベニントン卿の個人用ボックス席には余裕があった。そこにいたのは卿その人と、彼の長女、三人の婦人だけで、婦人の一人はわたしが恐れていたとおり、ロシアの王女だった。

わたしたちが入っていったことに誰も気づかなかった。下の舞台で展開中の出来事に全員の目が奪われていたのだ。計画していたプログラムをすっかりめちゃくちゃにされて悩んでいたオーケストラはまたしても「幽霊のメロディ」を演奏している。

派手に塗られた巨大な古代の神々の彫像が半円を描いて取り巻く中で、戦っている二人に照明が当たっていた。ジェスパーソンはチェイスの前にひざまずき、頭を下げている。チェイスはジェスパーソンから数フィート上の空中に何の支えもなしに立っていた。胸の前で腕組みし。ひどく不快なうぬぼれた笑いを浮かべている。

「これであなたもわたしを主人と認めるだろう。だが、それでは観客のみなさまにとっておもしろくあるまいな？　お客様にはまともな見世物を提供しなくては。立ち上がりなさい。我々は戦わなくてはならない！　この決闘を要求したのはあなたじゃないか。それとも、降参して臆病者呼ばわりされたいのかな？」

ジェスパーソンはさらに数分、微動だにせずにそのままの姿勢でいた。それから優美な動き一つで立ち上がって頭を上げ、挑んできた男を見上げた。その動きが彼にとってどれくらいの負担だったのか、わたしにはわからなかった。それが目に見えない力との戦いの終わりだったのかどうかもわからなかったし、チェイスが無理やりジェスパーソンを立たせたのか、それとも立つことを許したのかどうかも。

チェイスはさらに高く浮かび上がり、彼の足はジェスパーソンの頭の高さと同じになった。

「上がれ、とわたしは言ったのだ――上がれ、と――わたしと向き合うつもりがないのか？」

ジェスパーソンは平静な口調で答えた。「ぼくはこれ以上高くまで行くことができない。おまえが優勢のようだな」

「そうだ！」上機嫌の微笑だった。「そう、おそらくわたしが優勢だろう」チェイスは片足を引き、さりげない素振りでジェスパーソンの頭をわざと強く蹴った。

観客から動揺して息をのむ声が聞こえ、娘たちのものらしい悲鳴があがり、とがめるようなささやきが起こった。わたしには隣のボックス席にいる男の声が聞こえた。「フェアではないぞ！」ほかの者が言った。「ここにはご婦人たちもいるんだ」

ふらついていたが、ジェスパーソンは倒れなかった。彼は蹴られるのを避けようとしなかったし、今はあとずさりしようとか、応戦しようともしていない。これまでジェスパーソンが喧嘩するところを見てきて、反射神経がいいことをよく知っていたから、わたしにはわかった――ほかの観客にはわからなかったとしても――彼がチェイスにとらえられているのだと。チェイスは盗み取った力を使って、ジェスパーソンを動けなくさせているのだ。

わたしは不安な思いで、ベニントン卿の耳に何かささやいているガブリエルを見やった。それからナデジダ・チェイスを。クリーム色の絹のドレスを着た小柄な彼女はボックス席の前列に一人で座り、身を乗り出して舞台に全神経を注いでいた。傍からは、愛情のこもったまなざしで夫を見つめているように思われただろう。けれども、ナデジダの凝視は力を持っているのだとわたしは推測し、急いでとガブリエルに叫びたくなった。でも、何よりも望まないのは自分の存在をチェイスに気づかれることだ。だから前に出ていかず、無言でじっとしていた。

とにかく、チェイスは観客席の雰囲気を見誤っていた。観客の好意的だった評価は悪いものになろうとしていたのだ。音楽はさっきよりもどことなく不吉な調子に変わっていて、よほどの愚か者でなければ、この状況での悪者がジェスパーソンだとは思わなかっただろう。

「失礼した」チェイスは偽りの愛想の良さを見せて大声で言い、だんだんと降りてきた。「あなたがあの蹴りを阻止すると思ったのだ。少なくとも、飛んでよけるとね。今夜は少しばかり調子が悪いようだな？　だが、二、三回打たれても大丈夫なほど、あなたの頭は硬いはずだと思うが」こんな調子のいい、相手をなだめるような言葉を言い終えるころにはチェイスはふたたび硬い床に立ち、敵に向かい合っていた――そして大げさな身振りで、自分よりも背の高い男を見上げていた。

「さて、あなたの頭はわたしの頭よりも高いところにあるが、文句は言うまい。我々は自然がお作りになったままの対等な関係だ。そして我々の武器は、生まれながらに持っているか、訓練によって得たものだけとなるだろう。神か霊か、それとも未知の力かはわからないが、彼らに与えられた武器だけということだ……了解するかな？」

「話しかけないでくれたまえ」ベニントン卿はいらだたしげな大声をあげ、ガブリエルから身を引き離した。「我々は公演を観ようとしているのだ。座るか黙るか、それとも出ていくかにしてくれ」

ガブリエルはそわそわと卿のまわりをうろつきながら、大事な用事なのだと言い張っていたが、話すごとにますます彼をいらだたせていった。「あなたを追い出してもらわなければならないですかな、ミス・フォックス」

わたしが一番恐れていたのは、ここにいることをチェイスに気づかれて、またしても相棒を攻撃する武器として自分が利用されることだった。もしもミセス・チェイスがわたしを見て、すぐさま夫にそれを念力で通じさせることができたとしても、同じように悪い状況になるだろう……でも、それはやってみなければならない危険行為だった。さもなければ、ここに来なかったのと同じになる。だから暗がりから進み出て、腹立たしげな二人のやり取りをさえぎった。わたしの姿を目にしたベニントン卿は座席から飛び上がらんばかりだった。「ミス・レーン、今までどこにいたのかね？　いったい――」

「説明している時間はありません。わたしを信用してくださらなくてはならないのです」早口で言った。「まさに生死の問題です。ミセス・チェイスはただちにこの劇場を出なければなりません」

中央の舞台に白い煙がぱっと現れ、たちまち濃くなったかと思うと、デスマスクのように真っ白で表情のない顔が現れてきた。観客は息をのみ、うれしそうにささやいている――これは入場券を買った価値以上のものがある、と。

顔の下にはさらに煙が現れ、いかにも頑丈そうな両手に変わった。両手はまるで捕食鳥のようにジェスパーソンの喉へ飛んだ。

ベニントン卿は疑わしげな視線をわたしからミス・フォックスへと走らせ、またわたしを見た。「この途方もない要求について説明してくれるかね?」

ジェスパーソンが舞台を滑っていって向きを変え、スペインの闘牛士の定型化された動きを思わせる優美さと無駄のなさで恐ろしい両手を避けると、わたしは相棒を真似た創作力をどうにか発揮した。「わたしはミスター・チェイスに言われてここへ来たのです。彼は奥様の命が危ないと恐れています。この劇場の空気にはある種の気体が混じっていることをミスター・チェイスは知ったのです——わたしたちには断じて無害ですが、ミセス・チェイスのように心臓に先天性症状がある人にとっては危険で、死に至ることもあります。彼は奥様に警告したのですが、勇敢で愚かで頑固な彼女は舞台で夫が成功するところをどうしても見たいと思ったのです。ミスター・チェイスはわたしに懇願しましたし、閣下にも懇願しています。奥様を外に連れ出して命を救ってほしいと」

こんなばかげた話をまくしたてたのがほかの人間だったら、ベニントン卿は異議を唱えて信じようとしなかったかもしれない。けれども、質素で平凡で正直な人間だというわたしの評判が有利に働いた。舞台のほうに不安そうな視線をちらっと投げて卿はつぶやいた。「あの煙……あれは、わたしの娘には害がないのだろうな?」

「もちろんありません。ほかのみなさんは大丈夫です。それはミセス・チェイスに特有の弱点なのです」

「結構。彼女の夫がそう願っているのなら……きみが彼女と話したまえ」

わたしは少々がっかりした。ベニントン卿なら大柄で力もあるから、たとえ抵抗されても、小柄なロシアの王女をすばやく捕まえて運び出すことなど簡単だろう。でも、彼の言いぶりから、そんな行動をとるつもりがないことは見え見えだった。たぶん、わたしの話を疑っているのかもしれない。頭を傾けた仕草は、卿が関わる気がないことを示していた。

「なぜ、戦わないのかな？　臆病なのか？」チェイスの不機嫌そうな問いが劇場じゅうに響いた。

ジェスパーソンがバレエダンサーのように跳んで見せたので、少し拍手が起こった。彼は笑った。

「絞殺されるのを避けることが臆病なのか」

「そうとも。あなたは戦わなければならない。これはわたしの手だ。あなたの手を出してみたまえ」

霊の手はジェスパーソンを追うのをやめ、ボクサーのように拳を作った。チェイスの要求で、ジェスパーソンは両拳を掲げて見せた。

ガブリエルとわたしは目を見交わし、無言で同意に達した。一刻も無駄にはできないと。唯一の望みは力づくでミセス・チェイスを引っ張り出すことだ。

わたしに片腕を、そしてもう片方の腕をガブリエルに取られたとき、小柄で華奢な体は震えていたが、抵抗しなかった。わたしたちに椅子から引っ張り下ろされるときも、ミセス・チェイスのまなざしは舞台にひたと向けられたままだった。彼女はもがいたりしなかったが、協力的でもなかったので、立たせるのは容易でなかった。

ミセス・チェイスの呼吸は苦しそうで、蒼白な顔に汗が浮いていることにわたしは気づいた。視線はぴたりと何かに据えられている。一瞬、わたしは彼女の視線を追った。一目見ただけで充分だった。ジェスパーソンの力がどれほど失われているかがわかったのだ。薄笑いを浮かべたチェイスは霊の拳が行なっている戦いを眺めながら立っていた。

目に見えず、実体のない敵を相手に勝ち続けることがどんなに不可能かは明らかだった。打つべき頭も体もない相手に対し、ジェスパーソンが的にできるのは煙のような白い手しかなかった。そんな両手と戦うのは雲を殴るようなものだ。手のほうは被害を受けない。けれども、実体がなさそうに見えるのに、その手は相手を怪我させるほどの力を持っていた。いずれジェスパーソンを疲れさせるに違いない。これほどの目撃者がいる公共の場でチェイスが誰かを殺すことは——たとえ霊の手によるものでも——とてもありそうになかったが、ジェスパーソンにいつまでも残るつらい罰をどうあっても与えるつもりだとわたしは確信していた。

わたしは手荒にぐいっと王女を自分のほうへ引っ張り、しっかりと抱えた。わたしが先に立って進み、ミセス・チェイスを持ち上げてくれるガブリエルの助けを借りて、抵抗はしないが扱いにくい彼女をどうにか通路に引き出す。ボックス席の出口まではあと二歩。

この意外な出来事に邪魔されたボックス席にいたほかの婦人たちは、ひそひそ話をしたり舌打ちしたりしていたが、わたしはまったく注意を払わなかったし、ベニントン卿がどんな説明をしているかも気にかけなかった。もっと差し迫った問題があるのだ。

そのとき、急に変化を感じた。チェイスの精神がそこにあるという、何かが這ってくるような感覚。彼はわたしの気配を感じたのだろうか？　わたしたちはもう少しで扉へ着くところにいた。あとわずかでカーテンがかかったこの小部屋を抜けて、向こうの通路に出られる。そこなら誰からも姿を見られないだろう。進み続けろと切迫した調子で命じる心の声が聞こえた。立ち止まるな、振り返ってはだめだ、と――でも、聖書に出てくるロトの妻のように、愚かにも振り返ってしまった。

チェイスにわたしが見えたとは思わない。下の舞台にいる人間が客席の人間に気づくはずはなかった。ましてボックス席の奥の暗がりにいる三人の人間を見分けることなどあり得ない。けれども、妻がいなくなったことには気づいてもおかしくなかった。ミセス・チェイスが身を乗り出していた手すりのほうに、彼がときどき視線を投げることにわたしは目を留めていたからだ。妻がいなくなったとわかれば、チェイスは警戒するだろう。

舞台を一瞥しただけで、知りたかったことがわかった。チェイスはベニントン卿のボックス席ではなく、アフロディーテの彫像を見上げていたのだ。彼はわたしの存在を感じ取った――彼の妻のそばにわたしがいるので、それは避けられなかったのかもしれない――でも、どこにいるかはわからなかったのだ。しばらくの間、わたしのエネルギーは彼の手が届かないところにあった。だが、今や彼はそれを感じ取り、自分が押し込んだところにわたしがいると推測したのだろう。つまり、アフロディーテの彫像の空洞に。

チェイスは舞台の中央で行なわれているボクシングの試合めいた戦いから離れてあとずさると、彫像へじりじりと進んでいった。

チェイスは今にも妻とつながることをあきらめて、わたしを支配するほうに切り替えるだろう。

居場所については誤解しているが、わたしは彼の手が届かないところにいるのではなかった。そう考えるなり、急がなくてはと焦った。出口へと動いたとたん、ミセス・チェイスが大声で苦しそうにうめくのが聞こえた。

突然、わたしは暗闇の中にいた。

ぎょっとして、空いたほうの手を突き出した。ボックス席の入り口に垂れていた重いベルベットのカーテンに触れようとして。指の節がかすめたのは、むき出しの板の表面だった。わたしは戻ろうとしたが、後ろには行かれなかった。背中はサテンの布に押しつけられている。最初に見たとき、棺桶の裏地のようだと思ったものに。

わたしはアフロディーテの中に戻っていたのだ。わたしをとらえておくためにチェイスが作った舞台装置の中に、またしても閉じ込められていた。薄い壁を通して、血に飢えた観客のわめき声がかすかに聞こえてくる。

もっと近いところからはジェスパーソンが飛び跳ねている軽い足音が聞こえた。霊の両手による打撃を受けまいとして、必死によけたり避けたりしているのだ。拳が体に当たった音が聞こえ、観客の怒声が耳に入った。わたしは狭い密室の前面に指を走らせた。二つの覗き穴を覆っている布きれの感触を見つけ出そうとしながら。

なかった。覗き穴はなかったのだ。

これはわたしのアフロディーテではない。友人によって舞台が見えるようにされたものではなかった。そのとき、これが心霊トラップだと気づいた。わたしの肉体はまだ舞台を見下ろすベニントン卿のボックス席にあり、精神だけが想像上の木の彫像の内部にとらわれているのだ。

　チェイスが近づいてくるのを感じた。前と同じように、わたしたちは狭い空間でお互いのすぐそばにいて、見えなくても相手を認識している。彼はわたしを探していて、わたしは彼から逃げる。一方の側に動いたかと思うと、もう一方の側へ動いて。ジェスパーソンが舞台で踊るように軽々と動いていたことを思った。チェイスが少しずつ彫像へ近づいてきたのを見たことを思い出したとたん、彼の肉体が今どこにあるのか正確にわかった。

　すべてはこうして書いている時間よりも早く、あっという間に起こったのだ。

　わたしはチェイスが近づいてくるのを感じて、じっとしていた。自分が危険な目に遭いそうだと気づいていないかのように。そしてギリギリの瞬間になって動いたのだ。キャビネットの前面に勢いよく突進した。チェイスの攻撃が予測できたところのすぐ横に。何かが割れる音が聞こえ、わたしは落下しているのを感じた。

　目を開けると、わたしは舞台の上空にいて見下ろしていた。背の高い、木と漆喰製のアフロディーテの彫像が前にぐらりと傾いてバランスを失い、クリストファー・クレメント・チェイスの上に大きな音をたてて倒れるところを。

　彼がわたしの視界から消えると、青白い両手は一瞬動きを止め、霧状の渦に変わった。舞台下からの照明にきらめきながら。

第三十一章　その後

わたしの五感がどっと蘇ってきた。あらゆるものが混乱し、あちこちに騒音が聞こえていたが、すぐそばからもっと静かな声が聞こえた。炭酸アンモニウムのつんとするにおいがして、手首をこすられる不快な感覚がある。ガブリエルがわたしの手首をさすり、何度も尋ねていた。「大丈夫？」

彼女から身を引き離した。「気付け薬は苦手なのよ」

ガブリエルは悲しそうな様子でわたしを見た。「まあ、ともかく気付け薬のおかげであなたは意識を取り戻したわ。気の毒なミセス・チェイスは――神よ、彼女の霊を休ませたまえ――助けられなかったけれど」

「ああ」

クリーム色と象牙色のドレスに包まれた、ぐったりした小さなナデジダ・チェイスが、ベニントン卿と招待された婦人の一人の間から見えた。彼らはナデジダの上にかがみ込み、生命の兆候を見つけようと無駄な努力をしていた。

ガブリエルが手を貸して立ち上がらせてくれたが、わたしは彼女から離れた。舞台を見たくてたまらなかったのだ。ジェスパーソンが照明の下に立ち、唇から流れる血を袖口で拭っていた。そこからあまり離れていないところで、倒れたアフロディーテの残骸の下から二人の舞台係がチェイスを救出している。チェイスは漆喰のかけらで覆われて震えていたが、怪我はないらしかった。

制服姿の警官が四人、出番の合図を間違えた不慣れな臨時雇いの役者のように舞台に駆け込んできた。そしてこの状況にもっとふさわしい感じの指揮官が彼らのあとから、ゆっくりと歩いてくる。彼はよく通る大声で宣言した。六件の誘拐と六件の不当な監禁と、強要罪と詐欺罪と盗難品の所持を含んだ余罪の容疑でミスター・クリストファー・クレメント・チェイスを逮捕する、と。

期待していた公演がこんな奇妙な形に展開したのを目撃し、オーケストラの団員も観客も沈黙していた。

チェイスは抵抗もせず、逃げようともしなかった。ただ、勾留される前に妻に別れを言いたいのだがとだけ頼んだ。彼は丁寧な口調で話したし、犯罪者には違いないが、紳士に与えられるべき敬意を受けた。

「奥様はどこにおりますかな、サー?」

チェイスが振り返ってこちらのボックス席を指すと、わたしはぎくりとして、さっと物陰に隠れた。

「妻はベニントン卿の招待客です」

　自分の名前を耳にし、ベニントン卿は進み出て悲しみに沈んだ顔で見下ろした。「残念ながら奥様はもう我々のところにはいません。彼女は……心からお悔やみを申し上げる」

　チェイスはたじろぎもしなかった。もう手遅れだということをすでに知っていたのだろう。さらに、妻の命が消えた瞬間をチェイスは感じたはずだとわたしは信じていた。わたしをとらえようとする最後の必死の試みが妻を失うのに拍車をかけたことを、鋭い胸の痛みとともにふいに悟ったに違いない。

　ロンドンでの支援者であり、招待主でもあったベニントン卿を見上げながらチェイスは言った。「手筈を整えてくださるでしょうか……何であれ、必要なものを？　もし、わたしには無理な場合ですが？」

「もちろんだ、もちろんだよ！　何も気にしなくていいとも！　しかし、わたしはこんなことが……誤解はすぐに解けて、あなたは間もなくベルグレイヴ・スクエアに帰ってくるはずだ」信じやすくて無邪気な男性は言った。「わたしの事務弁護士を好きに使いたまえ。必要なものはなんでも頼むといい」

「ありがとうございます」曖昧にうなずきながらチェイスは顔をそむけ、手錠をかけられるために両手を差し出した。「もう、わたしを連れていってもいい」

　警察がチェイスを連れ去るのを見守りながら、わたしはひどく腹立たしい思いだった。警察が到着するまでずいぶん時間がかかったものだと。もう少し早く行動してくれたら、ジェスパーソンは殴られなかっただろうし、もしかしたらミセス・チェイスは死なずに済んだかもしれない。

その晩のかなり遅くにガウアー街へ戻ってくると、ジェスパーソンはあまり警察につらく当たらないでくれと言った。監禁されていた霊能者たちが解放されて供述が取られるなり、警察はチェイスを勾留するために〈アルハンブラ〉へ向かった。警察は到着したとたんに公演をやめさせたがったが、ジェスパーソンは彼らに楽屋口で待つようにという指示を出していたのだ。ジェスパーソンは実際に起きたこととはやや違う結末を思い描いていた。それはチェイスが落とし戸から舞台下に落ちるとともに、悪魔のような笑い声があがり、遠くから恐ろしい悲鳴がいくつも聞こえ、特殊な照明効果によって彼が地獄の灼熱の穴に落ちていくように見せるというものだった。

「観客に見せるはずのチェイスの力をぼくが奪い取るわけだから、記憶に残るような結末を提供すべきだと思ったんだ」ジェスパーソンは言った。自分が敵を無力にできることに自信を持ちすぎていたようだと、残念そうに認めながら。

ジェスパーソンはそんな間違いを犯しただけの罰を充分に受けたに違いなかった。腫れあがり、あちこちに切り傷のできた、形が変わった哀れな顔が物語っている。彼は薬代わりのブランデーのグラスをそっと揺すりながら、椅子の背にもたれた。わたしが供述する間、ジェスパーソンの応急処置をしていた警察医からブランデーの瓶を贈られたのだ。「ミセス・チェイスの死は誰のせいでもないし、警察に責任がないことは明らかだ。彼女は心臓が弱っていた。夫人自身も夫もそのことを知っていた。なのに、チェイスは妻の体が耐えられないほどの負担をかけていたし、やめようとしなかった。彼女もそれを許していた。死者のことを悪く言うなと言われているが、ミセス・チェイスは夫の従順な共犯者だったんだ」

「あなたが最初に彼女に疑いを持ったのはいつなの?」

ジェスパーソンはブランデーを飲み干すと、瓶に手を伸ばしてグラスにまた注いだ。「あの心霊キャビネットの中にいたのは彼女に違いないとぼくは確信している。キャビネットの背後は人が隠れられるようになっていた。隠れ場所に押し込めるくらいに小柄で、体が柔軟な人間しか入れなかっただろう——コサックではだめだ。それ以外の点では、目に見えない助手としてコサックを疑っていたが、あれができたのは小さなマダム・チェイスだけだった。

「もちろん、あのときはチェイスが催眠術や共犯者を使って奇跡らしきものを成し遂げているというのがぼくの推測だった。霊的な力などというものが関わっているとは考えなかった——チェイスを詐欺師そのものだと決めつけていたんだ。

「だが、誘拐事件についてはどう考えたらいいのか? 最初からはっきりしていたのは、ド・ボーヴォワール姉妹とムッシュー・リボーとミス・ジェソップの突然の失踪を結びつける唯一のものは、彼らが全員、何らかの本物の霊能力を持っていたことだ。もしもチェイスが競争相手を排除しようと決心していたなら、この女性たちについては選ぶはずがなかっただろう。ミス・ジェソップはいかさまがばれて以来、人前に姿を現していなかったし、若い姉妹はまだそれほど知られていなかった

——チェイスがうらやみそうな、観客の関心を引いている半ダースはいるほかの霊能者たちと違っていたんだ。いや、もしもチェイスが霊能者を誘拐しているなら——それに、彼がぼくたちに演じて見せた芝居のあとでは、誘拐の背後に誰がいるのか疑いの余地もなくなったが——彼らが霊能者であるからこそ必要だという理由しか考えられなかった」

「あなたがこの結論に達したのは、わたしが誘拐される前だったの？　どうしてそれを話してくれなかったのよ？」たぶん、恩知らずの発言だっただろう。でも、ジェスパーソンが話してくれなかったのは、わたしへの信頼が足りないせいだと思うと、かなり傷ついていた。「この仕事で、わたしたちは相棒じゃないの？」

ジェスパーソンは嘆息し、グラスからブランデーをまた慎重にすすった。「怒らないでくれ……あの時点ではまだ結論と言えるほどのものじゃなかったし、愚かな考えという可能性もあったんだ。何か問題を解こうとしている間に浮かぶ思いつきを残らず話していたら、きみはぼくを完全に頭のおかしい奴だと思うだろう」

「それは疑わしいわね。チェイスの企みをあなたがよく突き止められたものだと、わたしは大いに感心しているのよ。彼にとらえられたあとでさえ、わたしには理由がわからなかった——シニョーラ・ギャロに説明してもらうまではね——それと、善良なる盗人の彼女が、チェイスのダイヤモンドのネクタイピンから話を聞くまでは」

声をあげて笑ったとたん、ジェスパーソンはたじろいで唇に触れた。「たいして痛くないよ」彼は早口で言った。「どこも骨折しなくて運がよかった。痣やちょっとした切り傷だけで済んだんだからな。見た目ほどひどくはないよ」

「本当なの？」

ジェスパーソンはわたしに視線を向けた。「警察医の話によると、一晩も寝れば、新品同様の体になるそうだよ。とにかく、前にも言ったように、ミセス・チェイスのことをよく調べなかったのはぼくの責任だ。チェイスの唯一の協力者で、詐欺を手伝う可能性があるのは妻だけだという結論に達していたのに……それに、詐欺ではなくて本物の霊能力が関わっていたとしたら、彼女こそが真の霊能者に違いない。チェイスは妻をそばに置き、観客の目には見えないようにし続けながら、彼女の能力を利用していた目立ちたがり屋だった」

ジェスパーソンはため息をつき、恥ずかしそうな表情になった。「ぼくはばかだったよ。ミセス・チェイスがどんなに病弱かと誰もが話していた。人前に出られないくらい弱っていると――きみの招待に応えてガウアー街へ来ることもできないくらいに――だから、ぼくは彼女が劇場へ来るはずがないと思い込んだ。レディ・フローレンスに確かめさえしたんだよ。彼女はミセス・チェイスが劇場へ行くはずはないと言った。レディ・フローレンス自身、気の毒な病人と一緒にいるから、劇場へ行くのをあきらめると言っていた。夫を愛する妻がロンドンの舞台での彼のデビュー姿を見逃すはずはないと、考えるべきだった……それに、レディ・フローレンスの言葉をあんなにあっさり信用すべきではなかった」

「レディ・フローレンスは劇場にいなかったわよ」わたしは言った。ベニントン卿の連れの中に彼女がいるはずだと想像していたことを思い出しながら。

「彼女は突然の頭痛の発作に見舞われたんだ。ミセス・チェイスのほうはとても気分が良くなったと言った……もちろん、ミセス・チェイスはレディ・フローレンスと残ることもできた。だが、レディ・フローレンスの頭痛は誰かに付き添ってもらうようなものじゃないし、対処法は暗くて静かなところにいることだけだった。それだとミセス・チェイスには退屈だろう。夫が人前で最高にすばらしい公演をするところを夫人はどんなに見たいだろうか。ということになって、土壇場で計画に変更があった……本当にぼくは見下げ果てたばか者だよ」

「どうして?」

「きみはレディ・フローレンスがどれほど話し好きかを教えてくれたじゃないか。ぼくはあまり手の内を見せないほうがよかったんだ。当然ながら、ミセス・チェイスはレディ・フローレンスの話から知った。ぼくが彼女の健康状態や今夜の予定について尋ねたことをね。一度も会ったことがない人なのになぜかしら、というわけだ。とても胡散臭い話だったし、夫を守ろうという自然な衝動がミセス・チェイスに湧き上がったに違いない。自分が必要とされる公演を観に行きたいと。もちろん、真実はわからないが、もしかしたら、ささやかな復讐として彼女はレディ・フローレンスに頭痛を起こさせたのかもしれない」

ジェスパーソンはブランデーの瓶を取り上げた。「本当に、一杯飲まなくていいのか? 痛みにはすばらしく効き目があるぞ」

「いいえ、結構よ。わたしは誰にも殴られていないから……痛みはまるっきり感じていないし、頭をすっきりさせておくほうがいいの」

彼はまたきまり悪そうな表情を浮かべた。「ぼくをひどく身勝手な奴だと思っているだろうな。きみやほかの霊能者をあんなに長い間、とらわれたままにしていたのだから……だが、そうしたのは歓声をあげる観客の前でチェイスの正体を劇的に暴き、彼をやっつけるという栄光をぼくが求めたからではないのは嘘じゃないよ」

わたしは唇を噛んだ。「そんなことは一度も思い浮かばなかったけれど」

「いいかい、チェイスの影響力を受けないようにしてきみたち全員を無事に助け出せて、警察に供述してもらえれば、チェイスが使用人に罪をなすりつけることもできないとぼくは思ったんだ」

「ええ、そうね。理解できるわよ。でも……」尋ねにくいことだったが、避けるわけにはいかなかった。「あなたはチェイスが霊能者を欲しがった理由を推測できたのよね。あなたの推論に、わたしが誘拐されたことはどのように当てはまったわけ？」

彼は手にしたグラスのブランデーを回し、かすかに輝く様子を眺めた。「それに戸惑ったことは認めるよ。だが、最初のうちだけだった。覚えているだろう、はじめて会ったときにチェイスがきみを霊能者だと考えたに違いないとぼくが言ったことを？」

わたしはうなずいた。

「それが一つ目の可能性だ。チェイスはきみが霊能者だと推測したから、誘拐したというのが。二つ目の可能性は、きみが本当に霊能者だというものだ」

わたしの心臓は奇妙なほどどきどきした。「本気でそんなことを考えたの？」

机を挟んで彼の目とわたしの目が合った。ジェスパーソンはグラスを掲げて見せた。「きみに霊能力がないのは確かなのかい？」

わたしがかぶりを振ると、ジェスパーソンはブランデーの残りを飲み干してグラスを置き、座り直した。「ぼくはその可能性を考えただけではない。それが正解だという結論に達した」

心に湧き上がってきた感情をどう定義したらいいか、わたしにはわからなかった。恐怖と興奮の入り混じったものだっただろう。「どうして？　チェイスの思い込みはさておき、なぜあなたがそんなふうに考え続けなければならなかったの？　わたしは一度も思わなかった、決して――」

「一度も思わなかった？」ジェスパーソンは探るような熱心な視線をわたしに向けた。「きみの寝室で起こった物質化の現象はどうなんだ？」

「チェイスにかけられた催眠術による暗示よ」

ジェスパーソンは片方の眉を上げげた。「チェイスがどうにかしてぼくにも暗示をかけたと言うつもりかい？」

「でも、あなたはあれを見なかったでしょう！」

「霊的な物体の残骸は見たよ……エクトプラズムを」ジェスパーソンはわたしに思い出させた。

不気味な頭をわたしが作り出したのか――想像の産物ではなく、わたし自身の体から出てきたのか――と思うと、身震いを抑えられなかった。「ああ、でも、あれは……あれはほかのものに違いないわよ！」

「さまざまな形になって宙に浮かび、消えてなくなってしまうほかのものか」ジェスパーソンは穏やかに言った。「絨毯の上でたちまち消滅してしまったあれの名を、エクトプラズム以外にあげられるかい？」

もちろん、名前などあげられなかった。

彼は言葉を続けた。「それに、別の例もあった――クリーヴィーがどうやってチェイスを川のほうへ投げたかを覚えているだろう――もちろん、チェイスが事前に取り決めた命令に従ってのことだった――それから、チェイスが何の支えもなしに宙に浮いていたところを見たじゃないか？　彼はどうやって落ちずにいられたのか？　見えない霊の手に持ち上げられているみたいじゃなかったかな？　あれは彼がベルグレイヴ・スクエアの広間でやって見せたのと同じトリックだ――もっと劇的だったが。

「とにかく、ベルグレイヴ・スクエアでは妻の力がチェイスを支えていた。あるいは、彼はシニョーラ・ギャロからエネルギーを盗んだのかもしれないが。あの夜の川岸では、チェイス自身に力があったか、すべての出来事が催眠術による幻覚だったのでないかぎり、彼は必要な霊能力を盗まなければならなかっただろう。ぼくたち三人のうちの誰かから。それにあのあと、自分がどれほど疲労していたか、きみだって忘れていないはずだ。きみは気を失った。ほとんど歩けなかった。家に運ばれる途中でクリーヴィーの腕の中で眠り込んでいた。いつものきみの反応ではなかったよ――あのとき、自分でもそう言っていたじゃないか。どうして気絶したのかわからないと。だが、急に霊的なエネルギーを――中国人なら〝気〟が原因だというだろうが――奪われた体の自然な反応だと考えれば、何もかも筋が通る。

「ああ、ミス・レーン」ジェスパーソンの声は温かく、なだめすかすようだった。わたしはふたたび彼と目を合わせた。そこに見えたのは、わたしがいつも惹かれている精力的な関心と知的な好奇心だった。「こいつはすばらしいよ！　きみには稀な才能がある。ほとんど理解されていなくて、ごく一部の人にしか与えられない才能だ――それについてもっと学びたいと思っているに違いない。そうだろう？」

わたしはまさにその疑問を究明しようとして何年も費やしてきたんじゃなかった？　今やわたしの足元に大きく口を開けている深い裂け目のような、その問いを探ってきたのでは？　もちろん、ジェスパーソンの言うとおりだった。わたしが怯えていた事実、そして今でも信じられないということは、探究に尻込みする言い訳にはならない。

ジェスパーソンは話を続けた。「さっき、ぼくが公正ではないときみは非難した。きみを完全な相棒として扱っていないと。夢遊病者を支配していた人間について、まだ形にならない考えを何もかもきみに話したわけじゃなかったことが理由だった。さて、今度はぼくが尋ねる番だ。なぜ、きみは事実を打ち明けないのだろう。恥ずかしいのかい？　監禁されていた間、あきらめてしまって、あいつの言いなりの奴隷になったからかな？　そのことをぼくに話すのが怖かったのかい？」

わたしはカチンときた。身を乗り出し、膝の上で両拳を握る。「もちろん、違うわよ！　よくもそんなことを――」それから、ジェスパーソンがわざと挑発したのだと気づき、緊張を解くと、非難を込めて首を横に振った。「あなたに話すことを恐れているものなどない――どれもこれも説明できないほど曖昧で難しいというだけ」

深く息を吸って話し始めた。「もし、チェイスが盗めるような力をわたしが持っていたとしても、自分ではどう使ったらいいのかわからなかったの。シニョーラ・ギャロは助けにならなかった。彼女に言わせると、耳の不自由な人に聞き方を教えるようなものだとか。まるで幼少のころから耳が聞こえなかったわたしが、聞こえるようになる前に、聞くとはどういうことかという問題を解かなければならないみたいだった。

「シニョーラ・ギャロでは用をなさなかったから、先生になりそうなのはチェイスしかいなかったの。無知なままでいるほうが彼はうれしいらしいと、わたしは感じ始めた。同様に、彼がわたしに靴も履かせなければ、ヘアピンも刺させないで部屋に閉じ込め続ける気らしいと――チェイスの囚人だったのに、彼はわたしを無力だと思っていなかった。だから、抵抗してみようという気になったのよ」

わたしは口ごもり、描写するのが不可能なさまざまな感覚を思い出した。「間もなくわかったのだけれど、わたしが抵抗すればするほど、チェイスの力は強くなっていった。それに、あなたのあの小さなおもちゃのことを思い出したの」――漠然と書棚のほうを手で示した。暖炉の火のせいで影になり、どこにあるのか見分けられなかったのだ――「あなたが〝中国式手錠〟と呼んでいたものよ」

たちまちジェスパーソンは理解した。表情がわずかに変わったのを見て取り、わたしは首を縦に振った。

「わたしは抵抗しなければならなかったから、ただチェイスをはぐらかそうとしたの。ああ、うまく説明できない。すべてはわたしの頭の中にあったのよ」

「きみの頭の中だけではない――あいつの頭の中にもあったんだ」ジェスパーソンは言った。「以心伝心のようなものがあったに違いない……もしかしたら、それがきみの持つ力か？」

「わたしが送ったとてもたくさんのメッセージのどれかをあなたは受け取った？」わたしは冷ややかに尋ねた。

「たぶん、間違ったところに送られたんだろう」

「または料金不足だったとか――送付するための力が足りなかったのかもね。いえ、だめね――わたしには思考を読み取る力も、心のメッセージを送る力もない。それがあれば役に立つのに。チェイスと接触していたときは第六感らしいものを使えたけれど、ああいうのはとても特別な場合ね。それ以外は、あると思われている力をわたしは何も発揮していない」

ジェスパーソンは挑むような険しいまなざしをわたしに向けた。「アフロディーテが倒れたことは何でもないというのか?」

あの事件があったあと、あれはますます夢だったように思われ始めていた——恐怖から生まれた絶望的な空想だったと。わたしは彼の質問をはぐらかした。

「何でもなくはないわよ。とても幸運だったわね」わたしは言った。「でも……あれは間違いなく事故だったのよ。舞台上の動きのせいで床板が震えたためでしょう——もしかしたら、楽屋にあれほど大勢で押しかけた警官のせいかも」

「ふうむ。確かに、あの神々の彫像はどれも後ろ側よりも前側のほうが重かった。秘密の出口を作る大工仕事をぼくがやったあとは、なおさらそうだったはずだ。しかし、あれは幸運な事故というよりは、不運な事故と言えるだろう。最初に思ったのは、シムズが戻ってきたということだった——またはぼくの母が——そしてぼくを助けるためにあの像を押したのだろうと。だが、言うまでもなく、きみとミス・フォックス以外に戻ってきた者はいなかった。それに、どちらも像に触れられるほど近くにはいなかったんだ。となると、残るのはきみだけだ。心の力を使ったというわけだよ」

彼は奇妙な目つきでわたしを見た。「間違っているかい?」

わたしはため息をつき、ふいにひどく疲れていることを意識した。とても長くて骨が折れる夜だったと。「もしかしたら、わたしのせいだったかもね。ああいったことが起こってほしいと願っていたの。自分のこともあなたのことも救おうとしていた——チェイス自身のエネルギーを使って彼を攻撃しようと——あなたとお母さまがわたしに教えようとしてくれた方法を用いてね」

わたしは言葉を切った。「あのときはそれで充分だと思えたの。でも、今は……今は、別のもっといい説明があるはずだと思う。何かが起こってほしいと、ただ願ったのはいつだった？　どうやってわたしは――またはチェイスとわたしの二人で――あの大きな物を倒せたの？　単に心の力だけで」

ジェスパーソンは立ち上がった。目が輝いている。「それはとてもいい質問だ。一緒に答えを考えようか？」

わたしはどうしたらいいかわからずに彼を眺めていた。彼は机の後ろの壁に取り付けた書棚をざっと見回し、ずらっと並んだ本の前にある、さまざまな小さながらくたや玩具や土産物を調べていた。

「どうやって？」

「ああ、直せる物がいいだろう。家具を壊す危険を冒すよりは、小さな物から始めるのがいい。これだな」ジェスパーソンはクリケットの球のような形と大きさの物を取り上げた。とても軽そうな木でできていて、地球儀に似た色合いで塗ってある。彼はそれをわたしに手渡すと、ブランデーのグラスと瓶を移動させ、山積みの書類や本を片づけた。

「これで何をしろと言うの？」

「こいつの重さや大きさを感じたら、机に置くんだ。これに触れずに動かそうとしてみてくれ。こいつを押していると想像だけしてみるんだよ」

かなり気おくれしながら、それをてのひらで転がしてみた。思ったよりも軽く、描かれているいくつもの大陸はひどく不格好だった。どんな地理の授業の課題でも、これでは合格しないだろう。木の机の平らな面に球を注意深く置いた。

「まずは手で押してみて、どんなふうに転がるかを見るんだ」

そっと押すと、球はふらふらと転がっていき、机の端からかなり離れたところで止まった。わたしは球を取り上げ、元あった場所に戻した。

ジェスパーソンは両手を膝に載せて椅子の背にもたれて座り、机に一切触れないようにしていた。わたしは彼の姿勢を真似た。

「きみの都合がいいときにやってくれ」ジェスパーソンは静かに言った。

わたしは球を見つめた。何も考えていなかった。それから、球が転がるときはどんなふうに見えるかを思い、さっきと同じように転がるところを想像した。ふらふらと転がっていったこと、どんな音がしたかを思い出してみた。何も起こらない。

わたしはため息をついた。「こんなこと、ばかげている」

「あの彫像はどうやって倒したんだ？　同じような方法でこの球のことを考えられないか？」

目を閉じ、自分がアフロディーテの中に戻ったと想像した。あのときがどうだったかを思い出しながら……わたしはまた目を開けた。

「チェイスがいたの。かくれんぼのときみたいにわたしを追いかけていたけれど、怖いほど真剣だった。もし彼に捕まったら……彼から逃げ続けられなかったら……わたしは何かをしなければならなかった。彫像を彼の上に押し倒すのが一番いいと思ったの。自分で押したわけではなかったけれど、彼にそうさせた。何もかも必死のことだったのよ。これは状況が全然違う」

「きみが怯えたときだけ力が働くという意味かい？」

「ばか言わないで！」わたしはきつい口調で言い、椅子に戻った。

「ミス・レーン」目を見開き、傷ついたとばかりに無邪気さを装うジェスパーソンの表情はやりすぎだったけれど、わたしは謝った。不信感をあらわにしてしまったことに対して。

ジェスパーソンは肩をすくめ、わたしを怖がらせようという考えが心をよぎったことを認めた。「だが、何も思いつかなかった。この球が机の上を転がれば、きみの不安がやわらぐのか、あるいは想像上の危険からきみを解放できるのか、わからなかったからな。もっとも、こいつをぼくの頭めがけて投げたくなるほどいらだたせたのなら——」

「そんなに腹を立てたら、球を拾って投げるでしょうね」わたしは言い返した。

「ああ、まさにぼくもそう思ったよ。さあ、続けてくれ。ちっとも集中していないじゃないか」

わたしはふたたび球を凝視した。目から出る光線の力（詩人ならそんなふうに言うだろう）で押そうとするかのように。でも、何も起こらなかった。頭痛が起こらないうちにやめた。目を閉じたほうが、球を動かせると想像しやすかった——想像上の指で球をつつくとか、足で机を押すところを考えるとか。ある霊能者たちがテーブルを揺らしたり持ち上げたりする方法だ。

目を開けた。球は相変わらず同じ場所にあった。ジェスパーソンを見やると、期待するように見返してきた。「どのくらい時間が経った？」わたしは訊いた。

「たったの三分だよ」

その二倍とか三倍の時間、集中するかと思うとうんざりした。「十分経っても何も起こらないわよ。二百分経ってもね」わたしは言った。「たとえ、この球のおかげで命が救われるとしても、何も起こらないでしょう」ふいに確信した。「あの影像を倒したのはわたしの精神力じゃなかったのよ——チェイスの力だった。言ったでしょう、わたしは彼の力をそらしていたって——ただそれだけ」

「ただそれだけ？」ジェスパーソンは微笑していた。優しくからかうように。「たいしたことだよ——それで充分だ」

「充分ね」わたしはうなずいて立ち上がった。「さて、わたしが何をやったにせよ、必要なときにやれてよかった。でも、今日は長い一日だったわね」

ジェスパーソンも急いで立ち上がった。「そのとおりだな。この実験は別のときに試そう。きみが充分に休んだときに」

暖炉の火が安全に灰で覆われたかを彼が確かめる間、わたしは待っていた。それから二人で扉のほうへ向かった。

その瞬間、聞き慣れた音が耳に入った。机のほうを見ると、球が転がっていた。最初はゆっくりと動いていた球はそれから速度をあげ、机の端まで行くと落下して、分厚いトルコ製絨毯の上に静かに着地した。

わたしたちは仰天して顔を見合わせた。わたしは声をあげて笑い始めた。

第三十二章　別の問題

わたしはジェスパーソンの先に立って玄関ホールに出て階段を上り始めたときも、まだ微笑していた。そのとき突然、玄関扉を立て続けに鋭く叩く音が聞こえた。

わたしは足を止め、手すりを握ったまま振り返った。ジェスパーソンと目が合い、やはりこんな遅い時間の訪問者が誰か見当もつかないのだとわかった。

〝もしかしたら警察かも〟と思った。もっと質問があるのかもしれないと。とはいえ、チェイスが無事に勾留されているのだから、朝まで待ってもいいいんじゃないの？

好奇心に駆られながら様子をうかがっていた。ジェスパーソンが玄関扉の鍵を開けている。扉が開いたとたん、男が転がり込んできた。どうぞと招き入れられるのも待たずに、玄関ホールに倒れそうなほどの勢いで。その何秒間かで、見知らぬ人だと気づいた。やや若い男性で、おそらく二十代後半くらいだろう。髪は茶色、髭はきちんと揃えてあって、身なりはよかった。シルクハットをかぶり、黒の外套の下に夜会服を着ていた。もっとも目についたのは厳然たる恐怖の表情を浮かべていたことだ。その顔を見ただけでわたしは不安に駆られて鳥肌が立った。こんな寒い夜なのに、男性の顔には玉のような汗が浮かんでいる。目はあまりにも大きく見開かれ、全体が黒目だけのように見えるほどだった。

「おい、きみ」ジェスパーソンはきっぱりした口調で言った。侵入者と、わたしが立っている階段との間にすばやく体を割り込ませながら。「何か用ですか?」

「助けてくれ」男性は言い、怯えたまなざしをジェスパーソンに向けた。歯がカタカタと鳴っていて、やっとのことで言葉を絞り出す。「どうか……さもないと、わたしは死んでしまう!」

「誰を恐れているのですか?」

けれども、今や激しくあえいでいる男性はジェスパーソンの質問が耳に入らなかったようだった。動揺した様子で何かを探すようにすばやく左右を見る。「ここは安全ですか? 助けてくれますか? わたしはここで安全でしょうか?」

「もちろんです。もう安全ですよ」ジェスパーソンは男性の腕にしっかりと手を置いた。「力になりますよ。話してください。誰に追われているのですか? 何を恐れているのですか?」

「魔術!」そう言ったとたん、男性はさっと顔を上げてわたしに気づいた。わたしは彼よりも少し上に立って見下ろしていたのだ。わたしを目にして、男性はさらに不安になったらしかった。両手を上げ、片手でわたしを避けるようにしながら、もう一方の手で非難するように指差す。「あの女は魔女だ！」

「いや、違います。彼女はミス・レーン――ぼくの相棒です。怖がる必要はありませんよ。さあ、座りましょう――ブランデーでもいかがですか？――そして、どうしたらぼくたちが手を貸せるのか、話してください」

「魔女！」彼は相変わらずわたしを見つめたまま繰り返した。ジェスパーソンの言葉を無視していたが、もしかしたら、ただ聞こえなかったのかもしれない。恐怖の妄想にとらわれてしまい、ほかのことには気づいていないのだ。「わたしは呪われている……もう遅すぎる……もう誰もわたしを助けられない……遅すぎた……」

男性の目玉がくるりと回り、両膝ががくっと折れた。ジェスパーソンが捕まえるよりも早く、謎めいた訪問者は床にくずおれてしまった。見開いた目は何も見ておらず、体は不自然なほど動いていない。

スコットランドを舞台にしたシェイクスピアの戯曲の一行がわたしの頭を駆け巡った。「マクベスは眠りを殺した」と。予知能力などなくても、今夜わたしたちが眠れないだろうとわかった。解決すべき新しい謎がやってきてしまったのだから。


（了）

訳者あとがき

探偵ジェスパーソンとミス・レーンがヴィクトリア朝のロンドンを舞台に活躍する『夢遊病者と消えた霊能者の奇妙な事件』、お楽しみいただけたでしょうか。

すでに『幻想と怪奇1　ヴィクトリアン・ワンダーランド　英國奇想博覽會』（新紀元社、二〇二〇年）に収録された短編「贖罪物の奇妙な事件」で、ジェスパーソンとレーンに会ったことがあるという読者の方もいらっしゃるでしょう。「贖罪物の奇妙な事件」はジェスパーソンとレーンの初めての事件であり、『夢遊病者と消えた霊能者の奇妙な事件』中でもちらっと触れられています。でも、どちらにもジェスパーソンとレーンの出会いの場面、パートナーになるに至った経緯が記されていますので、「贖罪物の奇妙な事件」を読み逃した方も本作品から読んで大丈夫です。

その出だしを読むと、この作品は一見、シャーロック・ホームズのオマージュかと思える書き方がされています。観察結果をもとにして推理を繰り広げるジェスパーソンが、ホームズを意識していることは見え見えです。でも、ホームズを気取るわりには、ちょっと抜けたところもありそうだし、お金がないけれどもお肉が食べたい欲求を抑えきれないなどと、子どもっぽい部分もあるジェスパーソン。彼とコンビを組むことになったミス・レーンのほうがよほどしっかりしているように見えます。でも、ミス・レーンには彼女なりにつらい過去や悩みがあり……

そんな二人が対等のパートナーとして事件に取り組んでいく本作品が単なるホームズもののパロディでないことは、読み進めていくうちにわかってきます。なにしろ、彼らが取り組むことになった事件は、当時のイギリスのオカルトブームを反映したものなのですから。さまざまな霊能者、彼らのパトロンである貴族や興行でひと儲けを企む人間など、心霊主義が社会的な現象だった時代ならではの多彩な人物が本作品に登場します。霊能力を備えた人々、科学を超えた犯罪に、ジェスパーソンとレーンがどのように関わっていくのか。夫が夢遊病だと悩む夫人の依頼が、どんな事件に発展していくのか。論理的な推理や科学的な捜査からだけでは得られないミステリーのおもしろさを備えた作品だと言えるでしょう。

女性は男性に守られるべきか弱い存在であると考えられていた時代に、大都会のロンドンで自立した生き方を目指すミス・レーンはちょっと異色のキャラクターです。ジェスパーソンが騎士道精神を発揮しようとすると、そんな必要はないと抵抗し、彼と口論になったりもします。本書には男性に頼らず、自らの才覚だけを頼りに生きている女性たちがほかにも出てきます。中でもインパクトがあるのは隻眼の美女、ガブリエル・フォックス。ミス・レーンの因縁の相手であり、少し胡散臭いところもあるガブリエルですが、多彩な才能も備えた洞察力の鋭い女性のようです。

また、ジェスパーソンの母親で、ミス・レーンを温かく見守るミセス・ジェスパーソン（意外な才能を秘めているようです）や、謎めいたロシアの王女など、個性的な女性の登場人物が多いことも本書の特色でしょう。どちらかと言えば、男性よりも女性の活躍ぶりが印象に残ります。それもそのはず、著者のリサ・タトルはSF作家として著名ですが、フェミニズムに多大な影響を与えた作家でもあるのです。詳しくは池澤春菜氏の解説をご覧いただくとして、リサ・タトルが『フェミニズム事典』（渡辺和子監訳、明石書店、一九九一年）を著したことを忘れてはなりません。フェミニストとしてのリサ・タトルの視点が本作品にも反映されていると思われます。だからこそ、ヴィクトリア朝の時代には珍しく、ミス・レーンは女性でありながらも探偵という職業に就いているのでしょう。またジェスパーソンが「対等のパートナー」であることをミス・レーンに明言したり、彼に相談してもらえなかったことで彼女が腹を立てたりするという描写も、男女が平等であるという見解に基づいているのではないでしょうか。

ジェスパーソンとレーンのバディもの、オカルト探偵ものとして、本作品のエンターテインメント的な要素をそのまま楽しむのもいいでしょう。また、フェミニストであり、SF界の重鎮でもあるリサ・タトルによる作品であることを踏まえて、裏には何か別の意図があるのではないかという読み方もできるかもしれません。もしかしたら、ヴィクトリア朝の時代にはあり得ない設定にすることにより、著者は一種の異世界を描こうとしたのではないか、または男女平等の理想を描こうとしたのではないかなど、読み手の数だけ違う読み方があってもいいと思います。

さて、本作品の最後はジェスパーソンとレーンがまた別の事件に乗り出しそうなことをにおわせるエピソード。「え、ここで終わり?」と思われた方もいらっしゃるのではありませんか? この先はどうなるのか。わたしたちは、ふたたびジェスパーソンとレーンに会えるのか、それはこの先のお楽しみということにしましょう。

最後になりましたが、編集者の牧原勝志氏(『幻想と怪奇』編集室)、本多茂昭氏(新紀元社編集部)をはじめ、本書の訳出の上で大変お世話になったみなさまに心からの感謝を捧げます。

二〇二一年二月　金井真弓

解説

池澤春菜

そりゃもうタイトルを聞いた段階で、一も二もなく解説のご依頼を引き受けましたとも。

『探偵ジェスパーソン&レーン 夢遊病者と消えた霊能者の奇妙な事件』こんなの、絶対面白いに決まっているじゃないですか。しかも、リサ・タトル?! 今すぐ読ませて下さい！

舞台はおそらくヴィクトリア朝、それもおそらく1891年以降のイギリス。心霊現象研究協会（SPR）の職員ミス・レーンは、調査で訪れていたスコットランドで、自身が所属するSPRの不正の証しを見つけてしまいます。詐欺の片棒を担がされていたことに気づき、ロンドンへ逃げ出したものの、お金もなく、泊まるところもありません。やむなく職業紹介所へと向かう途中、彼女が出会ったのは。

この冒頭15ページまで流れで、この作品の面白さは保証されたも同然。

だって、ミス・レーンが見つけた張り紙にあった

「求む、諮問探偵の助手」

はい、きました、世界で一番じゃないにしても五番目くらいにときめく4文字、諮問探偵。

さらに
「ミスター・ジェスパーソンはうなずき、両手をこすり合わせた。」

はいはいはい、知ってる、この癖、知ってる。と、いうことは、もしやこのジェスパーソンはあの人で、ミス・レーンをあの役にしたあの作品のオマージュか?!

とワクワクするわたしの予想を遥か上に上に打ち破る展開。滔々とと得意げに「きみはずっとハイランドにいただろう」と推測を披露するジェスパーソン。それに対してミス・レーンの返した一言。

「考えすぎです」

か、かっこいい! 実はただのホームズワナビーだったジェスパーソン。「シャーロック・ホームズの話ぐらい読んだことはあるだろう?」と追いすがるけれど、もちろんある、でもわたしはワトソンじゃないんで、とさらににべも無いミス・レーン(この後まだ「ぼくは射撃の名手で、東洋から取り入れた一種の武芸を身につけている」と言っちゃうジェスパーソンの折れない心も凄いけど)。

この15ページの時点でフックはばっちり、さらに2回転3回転ひねり上げることで、すれっからしのシャーロキアンの心をもがっちり掴むリサ・タトル。好き。

第一印象はあまり良くないながら、背に腹は代えられず、怪しい諮問探偵の助手となったミス・レーン。才能はありそうだけど、のほほんと浮世離れしたジャスパー・ジェスパーソン、素晴らしい手腕で家庭を切り盛りするお母さんのミセス・イーディス・ジェスパーソンとの共同生活が始まります。夫の夢遊病に悩む妻、次々に消える霊能者たち、まるで本物に見える瞬間移動と降霊会、一見バラバラな事件を追っていくと不思議な繋がりが見えてきます。

この時代、イギリスは一大オカルトブームでした。

アメリカで生まれ、瞬く間に人気となった心霊主義。後押しする流れはいろいろあったけれど、一番大きかったのはフォックス姉妹の交霊会の興行。天才興行師と組んだことでエンターテインメントとして大成功。当時、大西洋を横断する蒸気船が就航したこともあり、その流行はやがてヨーロッパにも伝わりました。なかでもイギリスでは身分を問わず大流行。

そのブームのきっかけとなったのは、当時の宗教観や、新しい哲学もさることながら、実は医学や心理学、科学の発展だったのではないでしょうか。メスメルの動物磁気催眠治療法、医学の進歩による臨死状態からの回復、退行催眠など、当時としては最新の科学が見えない世界への扉を開いたのです（その後、だいたい否定されていますが）。

なかでも、心霊主義に傾倒したことで有名なのが、アーサー・コナン・ドイル。そう、医師であり、サーの称号ももつシャーロック・ホームズの生みの親。科学の知識を充分に備えた作家が心霊主義にはまっていったのは、第一次大戦による、相次ぐ身内の死が理由でした。晩年は、心霊主義の布教を自らの使命と信じ、世界各地を回って積極的に講演を行い、25万ポンド、今のレートに直すと

15億円を越える金額を費やしたとか。

中でも有名なのが、コティングリー妖精事件。15歳と9歳の少女が撮った妖精の写真、その真偽をめぐって大騒動が起きました。コナン・ドイルは熱烈な擁護派。*The Coming of the Fairies*（『妖精の出現―コティングリー妖精事件』井村君江訳・解説、あんず堂）というタイトルで本まで出版しているので、相当な入れ込みよう。

残念ながら、少女たちは後に妖精は紙を切り抜いたものだったと告白しました（でも、妖精は本当にいた、とも）。

では、このお話の中では？　心霊現象は暴くべきインチキなのか、それとも本当に超能力や霊魂は存在するのか。

心霊主義ブームを支えたのはエンターテインメント要素だけではありません。愛する者との別離、受け入れがたい過去と未来、救いを求める人がすがる縁《よすが》だったからこそ。

ミス・レーンとジェスパーソンは、そんな人々を救うことができるのか。探偵が戦うべき真の相手とは。上下巻でたっぷり描かれるふたりの冒険に、心躍らせて下さい。


著者のリサ・タトルのことを少し。

リサ・グレイシア・タトル、SF、ファンタジー、ホラー作家。1952年アメリカ、ヒューストンで生まれ、1981年からはスコットランドの西海岸に住んでいるそうです。これまでに十数冊の小説、7冊の短編小説集、数冊のノンフィクションを出版。また、いくつかのアンソロジーの編纂や、多くの書評を手がけています。

アメリカSF界ではかなりの重鎮であり、今日《こんにち》のSFやファンタジー、ホラーそしてフェミニズムに大きな影響を与えたリサ・タトル。

執筆を始めたのは高校生の頃。なんと在校中にヒューストンのSF協会のファンジン*Mathom*を創刊。大学でもSFファンジンを立ち上げ、いくつかの新聞に記事を寄稿していたそうです。テュレーン大学のクラリオン・ライターズ・ワークショップに参加し、英文学の文学士号を取得。卒業後はオースティン・アメリカン・ステートメント新聞で記者として五年間働きます。

1973年、リサ・タトルは、SF作家のハワード・ウォルドロップ、スティーヴン・アトリー、ブルース・スターリングたちと一緒に、ターキー・シティ・ライターズ・ワークショップを設立しました。このプロ作家のためのワークショップは現在も続いているそう。

賞歴に関してはこんな逸話が。

1982年、リサ・タトルは短編小説"The Bone Flute"でネビュラ賞短編賞を受賞します。ところが、これを辞退。この賞を拒否した最初の（そして今のところ唯一の）作家となりました。

同賞のノミニーだったジョージ・ガスリッジが、SF雑誌の編集長の推薦文付きコピーを選考委員に配布し、授賞を働きかけていたことを知ったリサ・タトル。このロビー活動に抗議し、作品を取り下げようとします。しかしその時にはもう彼女の受賞は決まっていたのです。困った主催のアメリカSFファンタジー作家協会（SFWA）は何とかして翻意して欲しいと説得しますが、リサの意思はかたく、最終的には授賞式で辞退が発表されました。

後に彼女と共著もあるG・R・R・マーティンはSFWAに公開文書を送り、受賞拒否に賛同はしないけれど、その時のSFWAの対応は良くなかったと非難しています。

2003年のインタビュー"The Mysterious Q&A with Lisa Tuttle"で「私の大きな後悔は、私が主義として賞に反対していると思われて、どんな賞にも二度とノミネートされないかもしれないこと。何かしらの賞はいただきたいですとも、特に賞金付きのはね（池澤訳）」と語っています。

でも大丈夫。そもそもジョン・W・キャンベル新人賞（現アスタウンディング新人賞）を受賞していますし、マーティンとの共著でローカス賞中長編部門を、英国SF協会賞中編部門も取っています。

1992年にはアーサー・C・クラーク賞とジェームズ・ティプトリー・ジュニア賞（現アザーワイズ賞）にダブルノミネート。

そしてもちろん、今も書き続けているバリバリ現役作家ですから、今後のノミネートも受賞も大いに期待できるわけです。

さて、そんな輝かしいリサ・タトルの日本での翻訳状況は、と言うと。

ローカスを取ったマーティンとの共著『翼人の掟』（集英社）、『フェミニズム事典』（明石書店）のみ。

本作が実に30年ぶり、3冊目の翻訳!!　新紀元社さま、そして翻訳の金井さま、本当にありがとうございます。

もっともっと読まれるべき作家だと思うんですけどねぇ。これを機に、リサ・タトル翻訳ブームが来ることを切に願っております。


さて、本書には続きがあります。

The Curious Affair of the Witch at Wayside Cross
玄関のドアが叩かれ、よろめきながら入って来た男は、ミス・レーンを指さして「魔女だ!」と叫ぶなり、そのまま事切れてしまう。

そう、今作の最後の部分です。

死んだ男のポケットに残された住所録を手がかりにふたりが辿り着いたのは、恐ろしい叫び声が聞こえるという鉄鉱石採掘場遺跡(因みに実在します)。果たして幽霊に取り憑かれているのか、それとも。

タイトルはさしずめ『探偵ジェスパーソン&レーン　呪われた遺跡と魔女の奇妙な事件』といったところでしょうか。

これも今作に負けず劣らず面白そう!


ちょっとエキセントリックだけど、有能でチャーミングなジェスパーソン。頭が良くて度胸があって、しかもこのまま行けば腕も立ちそうなミス・レーン。このコンビの不思議なバランスったら。
また遠からず、このふたりに会える日を、心より楽しみにしています。

（声優・作家）

本書『夢遊病者と消えた霊能者の奇妙な事件』はフィクションです。名称、場所、出来事は著者の想像の産物であるか、架空のものを使用しています。実際の出来事、場所、人（生死を問わず）、すべての類似性は、完全に偶然のものです。

探偵ジェスパーソン＆レーン

夢遊病者と消えた霊能者の奇妙な事件

下

2021年4月9日 初版発行

著者 リサ・タトル
訳者 金井真弓

企画・編集協力 牧原勝志（『幻想と怪奇』編集室）

発行人 福本皇祐
発行所 株式会社新紀元社
〒101-0054 東京都千代田区神田錦町1-7 錦町一丁目ビル2F
Tel.03-3219-0921／Fax.03-3219-0922
http://www.shinkigensha.co.jp/
郵便振替 00110-4-27618

装画 加藤木麻莉
装幀 坂野公一（welle design）
組版 清水義久

印刷・製本 中央精版印刷株式会社

ISBN978-4-7753-1857-7
定価はカバーに表示してあります。
Printed in Japan

Jesperson and Lane

The Curious Affair of the Somnambulist and the Psychic Thief

by Lisa Tuttle